天下なんぞ狂える

夏目漱石の『こころ』をめぐって

上

廣木　寧

慧文社

大正元年９月19日、明治天皇御大葬の６日後に撮影。
左腕に喪章を付けている。

本書を
幼きときに世話になりしうめ子さまの御霊と
妻の母小林倶子さまの御霊に
謹んで捧ぐ

自分で学識があると考えている大多数の人ばかりでなく、実際非常に学識があって科学数学哲学の頗るむずかしい論文を理解する力のある人々が、この上なく単純で自明な真理でも、その結果或る事物について折角自分たちが往々非常な努力をして作上げた判断が——自分たちが得意になって他の人にもそれを教え、又それに基いて自分たちの全生活を規定している判断が——間違っているかも知れないということを認めなければならなくなるような真理を、理解し得ることは極めて稀だということを私は知っている。

——トルストイ『藝術とはどういうものか』（河野一郎訳）

凡例

一、引用文は、原文を尊重して歴史的かなづかいのものはそのままとしたが、漢字は、原則として旧字体は新字体とした。
一、読みがなは、歴史的かなづかいの文においても現代かなづかいとした。
一、夏目漱石、正岡子規、森鷗外など明治期の文章にある言葉で現代の読者に難解で意味がとりがたく思われるものには注を付して語句の意味を、活字を小さくしていれた。
一、引用した文は、その都度、典拠を示した。

はじめに――百年後の評家として

夏目漱石は手紙を書くことをいやがらず、いやむしろ好みたのしんだ。イギリスから帰国して東京大学で教え出すと、学生とのやりとりも頻繁(ひんぱん)になった。

小説を書き出していた学生が自らの不幸をうったえて来た。漱石は、学生のこころをあたたかくほぐして、こだわりのある、そのこころを、天地に解放しようとする。そして次のように認(したた)めている。――「君が生涯は是(これ)からである。功業は百歳の後に価値が定まる。百年の後誰か此(この)一事を以(もっ)て君が煩(はん)とする者ぞ」（明治三十九年十月二十二日付森田米松宛）。――百年の後、誰が君の不幸から君を見ようか。「煩」とするに及ばない。多くの「煩」をかかえていた漱石は、続けて、自己の志を語り、学生を励ます。

「余は吾(わが)文を以て百代の後に伝へんと欲するの野心家なり。」俺が隣近所の者とけんかをするのは彼らを眼中においていないからである。世の評判をよくしようと思えば、彼らを眼中において慎むべきなのだろう。俺もそのくらいのことはわかる。だが光輝ある未来を想像している俺は、一年、二年、いや十年、二十年の狂名や悪評は気にしないのである。俺の本体がどうして彼らにわかろう。俺は隣近所の賞讃はほしくない。

「天下の信仰を求む。天下の信仰を求めず。後世の崇拝を期す。」

この頃、漱石は「百年」という言葉をよく用いている。「百年計画なら大丈夫誰が出て来ても負けません」（明治三十九年十一月十一日付　高濱虚子宛）、「先達(せんだつ)て中(ちゅう)より大分(だいぶ)漱石論が出(い)で申候(もうしそうろう)。もう沢山に候。出来得(う)べくんば百年後に第二の漱石が出て第一の漱石を評してくれればよい」（明治四十一年二月四日付　瀧田哲太郎宛）。

漱石の全著作は、「百年」後の日本人に向けて書かれたものなのである。

ことしは漱石歿後（ぼつご）百年の年である。「百歳の後に価値が定まる」とあるから、漱石歿後百年に生きる者として、大正三年発表の『こころ』を中心にして、漱石の物語をまとめたものが本書である。『こころ』こそ最も劇的に漱石の人生を語ったものと信じるから、歿後百年にちなんで本書を刊行するものである。漱石歿後百年の読者の高評を期す。

廣木　寧　識

平成二十八年（二〇一六）六月

目次

下巻目次

序章　小品「手紙」

一

『こころ』の第一章である「先生と私」は、大学を卒業したばかりの「私」が「到底故の様な健康体になる見込のない」父親と、母親が二人で暮らしている九州の田舎に帰っていくところで終っている。「私」は、「世の中で是から仕事をしようという気が充ち満ちてゐ」る兄に、「職務の都合もあらうが、出来るなら繰り合せて此夏位一度顔丈でも見に帰つたら何うだ」と手紙を書いた。さらに「年寄が二人ぎりで田舎にゐるのは定めて心細いだらう、我々も子として遺憾の至であるといふやうな感傷的な文句さへ使つた。」しかし手紙を書き上げた「私」は自分の心の変化に驚く。――「けれども書いたあとの気分は書いた時とは違つてゐた。」ここにある「気分」、それは〝心〟と呼んでもいいものの「変化」に、漱石自身も襲われたことがあったのだろう。

「私」は帰省の汽車の中で、〝心〟の変化――それを漱石はまた「矛盾」と呼んだのだが――「さうした矛盾」を考えた。そうして「自分が自分に気の変りやすい軽薄ものゝやうに思はれて来」て、不愉快になった。「私」は「先生」夫婦のことを思い浮べる。「先生」夫婦は二、三日前、卒業の祝いにと、「私」を自宅に招いてくれた。

その日、「先生」は奥さんに向かって突然、「静、御前はおれより先へ死ぬだらうかね」と聞いたのであった。「私」は「先生と奥さんの間に起つた疑問」を汽車の中で「繰り返して見た。」「私」はひとりごちる、「何方(どつち)が先へ死ぬと判然(はつきり)分つてゐたならば、先生は何(ど)うするだらう。奥さんは何うするだらう。」「私」の中に今まで吹いたことのない風が吹く、「先生も奥さんも、今のやうな態度でゐるより外に仕方がないだらうと思つた。（死に近づきつゝある父を国元に控へながら、此私が何うする事も出来ないやうに。）」ここに至って「私」が「私」を飛び越える。「私」の中に深い厭世の風が吹く――「私は人間を果敢(はか)ないものに観じた。人間の何うする事も出来ない持つて生れた軽薄を、果敢ないものに観じた。」

漱石の一生は、この、「人間の何うする事も出来ない持つて生れた軽薄」との格闘であった。

二

漱石に「手紙」と題した随筆がある。明治四十四年に朝日新聞に発表されたのみで、生前にはどの単行本にも収められなかったものである。「手紙」は四百字詰め原稿用紙にして三十三枚にもなるから、要約しながら紹介する。

「手紙」は、佐野重吉という、漱石の「身内とも厄介者(やつかいもの)とも片の付かない一種の青年」に関したものである。重吉は漱石の家に寝起きをして、学校へ通った。大学に入学すると下宿をしたが日曜や土曜もしくは平日でさえ気に向いた時は漱石の家にやって来て長く遊んで行くくらい夏目家とは関係は深かった。「元来が鷹揚(おうよう)な性質(たち)で、素直に男らしく打ち寛(くつ)ろいでゐる様に見えるのが、持つて生れた此人(この)の得であ」る、そういう重吉を漱石は好んだ。

この重吉とある女性との結婚話が小品「手紙」のテーマである。その女性は漱石の妻の遠縁に当たるものの娘であった。その女性は縁戚の関係で夏目家に出入りするうちに重吉と自然と知り合いになった。しかし、二人の関係は挨拶する程度以上には進行しなかった。「二人共夫以上に何物をも求むる気色がなかつた。」そういう二人に縁談の話が持ち上がったのは重吉の大学卒業の前であった。重吉は「昂らず逼らず、常と少しも違はない平面の調子で、あの人を妻に貰ひたい、話て呉れませんか」と漱石に頼んだ。重吉は真面目であった。漱石は思う、「過渡期の日本の社会道徳に背いて、私の歩を相互に進める事なしに、意志の重みを初めから監督者たる父母に寄せ掛けた彼の行ひ振りを快よく感じた。」重吉の意は漱石夫人によって女性の親に伝えられた。先方は「妙な返事を齎した。」――「金はなくつても構はないから道楽をしない保証の付いた人でなければ遣らない」というのであった。

先方が「妙な返事」をしたのには、深刻なわけがあった。それは、重吉が妻にしたいと言った女性の姉に関しての事であった。事は、その姉の嫁いだ「夫の不身持から起」っていた。それを両親は「承知の上で娘を嫁にやつたのである。」「それのみか、腕利きの腕を最も敏活に働かすといふ意味に解釈した酒と女は、仕事の上に欠くべからざる交際社会の必要条件と迄」、娘の親は認めていたのである。しかし、彼らが「眉を顰めなければならない」事態が出来した。「かねて丈夫であつた娘の健康が、嫁に入つて暫くすると、眼に付くやうに衰へ出した」のである。「娘はたゞ微笑して、別段何ともないと許答へてゐた」が、「血色は次第に蒼くなる丈であつた。」「さうして仕舞にはとうとう病気だ」ということが分った。「公けに云ひ難い夫の疾が何時の間にか妻に感染した」ということが分ったのである。こういう事態に至って、娘の親の「懸念」

は「道徳上の着色を帯びて、好悪の意味で、娘の夫に反射する様になつた」。

大学を卒業した重吉は就職口の関係で信州の田舎Hに行くことになった。結婚はどうするのだと漱石は尋ねた。重吉は別に気に掛る様子もなく、「万事貴方に御任せするから宜敷願ひます」と答えた。「刺激に対して急劇な反応を示さないのは此男の天分である」、しかし、漱石は「不審を抱いた。」――「彼の年齢と、此問題の性質から一般的に見た所で、重吉の態度はあまり冷静過て、定量未満の興味しか有ち得ないといふ風に思はれた」からだ。

重吉は漱石に万事を任せてHに行った。漱石から見ると、結婚話は「紙鳶が木の枝に引掛つて中途から揚がつてゐる様な」状態のままであった。

そのうちに、漱石は所用でK市に出掛けることになった。夫人は「丁度好い序だから、帰りに重吉さんの所に寄つて入らつしやい、さうして重吉さんに会つて、あの事をもつと判然極めて入らつしやい」と漱石に言った。重吉と夫人の遠縁の女性御静さんとの結婚話は、夏目家では、「あの事」という「一種の符牒」で通用していた。

漱石は「御互の面倒を省」くのが「当世だと思つて」重吉には事前に何の連絡もせずにHの重吉のいる宿屋を訪ねた。しかし重吉は引越していた。宿のものは、重吉の引越し先を知っていた。しかしそこは他のものが厄介になれそうな所ではなかった。そしてHでは招魂祭の最中で、重吉のいた宿屋はどの室も塞がっていた。しかし、かねての重吉の手紙によって彼のいた宿がHでは一番よい宿であることを知っていた漱石は宿の番頭に室の都合を再度尋ねた。しばらく考えていた番頭は佐野さんがいらっしゃった御座敷ならどうか致しましょうと答えた。

　重吉がやって来たのは、漱石が風呂に入り、夕食を済ませて無聊（ぶりょう）を感じ始めてしばらく経った時刻であった。重吉は赤い顔をしていた。漱石は重吉の赤い顔を初めて見た。二人の間であれこれ話があって、「あの事」に話題が移った。


《「一体何（ど）うする気なんだい」

「何うする気だつて、――無論貰（もら）ひたいんですがね」

「真剣の所を白状しなくつちや不可（いけ）ないよ。好加減な事を云つて引張る位なら、一層きつぱり今のうちに断る方が得策（とくさく）だから」

「今更断るなんて、僕は御免（ごめん）だなあ。実際叔父さん、僕はあの人が好きなんだから」

　重吉の様子に何処（どこ）と云つて嘘らしい所は見えなかつた。

「ぢや、もつと早くどしどし片付けるが好いぢやないか、何時迄立つても愚図々々（ぐずぐず）で、傍（はた）から見ると、如何にも煮（に）え切らないよ」》

　重吉の心配は現在の経済事情にあった。重吉は自分の心積りを語った――最初の約束によれば、此年の暮には月給が上がって東京へ帰れるはずだから、その時は先方さえ承知なら、どんな小さな家でも構えて、御静さんを迎えるし、もし月給も上がらず東京へも帰れなければ、その時は、先方さえよければこの田舎に来てもらうつもりだ。――漱石は納得した。

明くる日の朝のことである。漱石は何気なく鏡台の前に坐って鏡の下の櫛を取り上げた。その櫛を拭くためか何かで引き出しを力任せに開けた。何か引掛かるやうな手応えがしたが、たちまち軽くなってするすると開いた。そこにねじれたような手紙の端が見えた。手紙はある女から男に宛てたラヴレターであった。手紙は、「感情の現はし方が如何にも露骨でありながら一種の型に入つてゐるといふ意味で誠が却て出てゐない様に見えた。」「凡てを綜合して、書き手の黒人である事が、誰の眼にも」明らかであった。漱石はこの長い手紙をくすくす笑いながら読み進んだ。「こんなに女から思はれてゐる色男は、一体何物だらう」との漱石の好奇心は最後まで読み進んだ時驚かされた。その「色男」は重吉であった。

漱石は重吉を迎えにやった。手紙の事は一切話さずに、漱石は、

《「実は昨夕もあんなに話した、あの事だがね。何うだ、一層の事きつぱり断つて仕舞つちや」
重吉はちよつと腑に落ちないといふ顔付をしたが、それでも何時もの様なおつとりした調子で、何故ですかと聞き返した。

「何故つて、君の様な道楽ものは向の夫になる資格がないからさ」

今度は重吉が黙つた。自分は重ねて云つた。

「己はちやんと知つてるよ。お前の遊ぶ事は天下に隠れもない事実だ」

斯う云つた自分は、急に自分の言葉が可笑しくなつた。けれども重吉が苦笑ひさへせずに控へてゐて呉れたので、此方も真面目に進行する事が出来た。

「元来男らしくないぜ。人を胡麻化して自分の得ばかり考へるなんて。丸で詐欺だ」

「だつて叔父さん、僕は病気なんかに、まだ罹りやしませんよ」と重吉が割り込む様に弁解したので、自分は又可笑しくなつた。

「そんな事が他に分るもんか」

「いえ、全くです」

「兎に角遊ぶのが既に条件違反だ。御前はとても御静さんを貰ふ訳に行かないよ」》

重吉は「色々泣き付」き、漱石は「破談を主張した」。結局、御静さんを「迎へる迄の間、謹慎と後悔を表する証拠として、月々俸給のうちから十円宛」漱石に送って、「結婚費用の一端とする」ことで話がついた。

小品「手紙」は次のような文で終っている。

《宅へ帰つても、手紙の事は妻には話さなかつた。旅行後一ケ月目に重吉から十円届いた時、妻はでも感心ねと云つた。二ケ月目に十円届いた時には、全く感心だわと云つた。三ケ月目には七円しか来なかつた。すると妻は重吉さんも苦しいんでせうと云つた。自分から見ると、重吉の御静さんに対する敬意は、此過去三ケ月間に於て、既に三円がた欠乏してゐると云はなければならない。将来の敬意に至つては無論疑問である。》

この小品「手紙」は、漱石の、常変わらぬ、平々凡々たる日常を教えてくれる。「手紙」には、漱石の小説によく表われている筆の鋭さはない。それは重吉の「鷹揚」で「素直に男らしく打ち寛ろいでゐる」性質に由来しているのだろう。また、随筆だから読者に愉しく読ませる必要からも来ているのだろう。「手紙」には、漱石の平々凡々たる日常に垣間見られたであろう、おかしみがある。引用した重吉とのやりとりや引用しなかったが妻との会話には、漱石の柔らかい心の襞（ひだ）が見えているのである。

しかし、またこの小品には漱石の切実なテーマが見え隠れしている。重吉の婚約者の両親はなぜ「夫の不身持」を「承知の上で娘を嫁にやつた」のか。なぜ「酒と女」が「腕利の腕を最も敏活に働かす」、「仕事の上に欠くべからざる」「交際社会の必要条件」と考えたのか。「重吉の御静さんに対する敬意は、此過去三ケ月間に於て、既に三円がた欠乏してゐる」とはどういう意味なのか。――漱石はここから小説の筆を起こしたのだ。こういう、人間の軽薄な日常性にほとんど絶望しながら、身を起こしたのだ。人生の純粋性や理想を求めようとする哲学性なり思想性なりというものは私たちの心の中奥深くあるのだが、その、哲学性も思想性も日常性に食い殺されて行く生活の真っ只中で、漱石は戦いながら書き続けたのだ。

第一章『それから』をめぐって

一

『それから』は、『吾輩は猫である』から数えて漱石が書いた長篇小説の第五作目である。明治四十二年に発表された。当時を知る門下生森田草平は、次のように書いている。

《『虞美人草(ぐびじんそう)』では先生の評判も、一般の世間は別として、知識階級の間ではや、下火となり、『坑夫(こうふ)』では更にそれが甚しかつた。が、『三四郎』で盛り返して、『それから』ではそれが再び最高頂に達した。実際、先生の真価は、長篇では、この作に依(よ)つて初めて認められたのである。周囲の者が皆喝采を惜まなかつたことは云ふ迄もない。》（『続夏目漱石』）

漱石が『それから』にいかに苦心したかは、同じく門下生小宮豊隆が書いている。

《勿論漱石はいつでも小説を書き出す前に、書かうとすることの構成を十分に練り上げた。それは『虞美人草』や『三四郎』や、その他の作品に関する、相当詳細な覚え書きが残つてゐるのを見ても、明かである。然しその詳細を極めてゐる点で、『それから』の覚え書きに匹敵し得るのは『虞美人草』の覚え書きがあるだけである。それさへ是(これ)に比べると、遥(はるか)に簡単なものであつた。（中略）漱石は『それから』の原稿の或部分を、二度までも書き直してゐる。漱石が『虞美人草』を書きかけては反故(ほご)にし、書きかけては反故にしたものが、今日多少残つてゐるが、それは多く書き出しの四五行である。然(しか)るに八月九日の日記によると、漱石は『それから』の第百回を、半分程書いてから書き直してゐる。のみならず漱石は、『それから』を書き出して間もなく、六月九日に、プランの立て直しさへしたやうに見える。こんなことは、今までにないことである。》（『夏目漱石』）

『それから』は代助と親友の平岡とその妻三千代についての物語である。

《代助と平岡とは中学時代からの知り合で、殊に学校を卒業して後、一年間といふものは、殆んど兄弟の様に親しく往来した。其時分は互に凡てを打ち明けて、互に力に為り合ふ様なことを云ふのが、互に娯楽の尤もなるものであつた。この娯楽が変じて実行となつた事も少なくないので、彼等は双互の為めに口にした凡ての言葉には、娯楽どころか、常に一種の犠牲を含んでゐると確信してゐた。》（『それから』〈二〉）

この、「互に凡てを打ち明けて、互に力に為り合ふ」二人の仲に起こった事件が平岡と三千代の結婚であった。そもそも先に三千代を知ったのは代助であった。三千代の兄の菅沼は代助の親友であった。菅沼は三千代と二人で暮らしていた。兄は「趣味に関する妹の教育を、凡て代助に委任した如く」であった。

《三千代は固より喜んで彼の指導を受けた。三人は斯くして、巴の如くに回転しつゝ、月から月へと進んで行つた。》（『それから』〈十四〉）

そこに平岡が現れた。三人の輪は四人になった。平岡は代助に三千代を貰いたいと打ち明けた。代助は「一種の犠牲」の精神で二人の仲を取り持った。一年の後、二人は結婚した。それと同時に銀行員の平岡は関西へ転勤した。新橋駅に二人を見送った代助は平岡の「眼鏡の裏」に「得意の色」を認めた。

三年が経った。平岡は失敗した。自分の部下が「会計に穴を明けた。」本人の解雇は当たり前のことであるが、このままでは、平岡の上司の支店長にまで難が及びそうになった。それで平岡は辞職した。話を聞いた代助は平岡が「支店長から因果を含められて、所決を促がされた様にも聞えた。」

平岡の不如意は仕事上だけではなかった。三千代は東京を出て一年目に身籠ったが、生まれた子供はすぐに死んでしまった。悪いことに三千代は心臓を傷めた。完治は覚束ないと医者は宣告した。平岡は三千代にあらゆることを試した。平岡は、妻のために、部下のために、多額の借金をして、東京に戻って来たのである。

代助は平岡の家を訪ねる。

《東京へ着いた翌日、三年振りで邂逅した二人は、其時既に、二人ともに何時か互の傍を立退いてゐたことを発見した。》（『それから』〈六〉・傍点引用者）

漱石は、平岡だけでなく、代助も変わったというのである。代助は平岡から、代助の父と兄の会社に就職の口はなかろうかと頼まれていた。代助は考える、

《自分が三四年の間に、是迄（これまで）変化したんだから、同じ三四年の間に、平岡も、かれ自身の経験の範囲内で大分変化してゐるだらう。昔しの自分なら、可成（なるべく）平岡によく思はれたい心から、斯（こ）んな場合には兄と喧嘩をしても、父と口論をしても、平岡の為に計つたらう、又其（その）計つた通りを平岡の所へ来て事々（ことごと）しく吹聴したらうが、それを予期するのは、矢つ張り昔の平岡で、今の彼は左程に友達を重くは見てゐまい。》〈同上〉

平岡が変わったわけは先に書いた。では何があって代助は変わったか。何もありはしなかった。ただ学問があったのである。

代助は一切働かず親から金をもらって生活している。父親は代助に語る、

《「さう人間は自分丈（だけ）を考へるべきではない。世の中もある。国家もある。少しは人の為に何かしなくつては心持のわるいものだ。御前だつて、さう、ぶらぶらしてゐて心持の好い筈（はず）はなからう。そりや、下等社会の無教育のものなら格別だが、最高の教育を受けたものが、決して遊んで居て面白い理由がない。学んだものは、実地に応用して始めて趣味が出るものだからな。」》（『それから』〈三〉）

これと同じ忠告を代助は平岡からも受ける。平岡家で、久しぶりに酒を酌（く）み交わす代助に、「酒に親しめば親しむ程」、「昔の調子」の出てきた平岡は言う、

《僕は失敗したさ。けれども失敗しても働らいてゐる。又是（これ）からも働らく積（つもり）だ。君は僕の失敗したのを見て

笑つてゐる。（中略）君はたゞ考へてゐる。考へてる丈だから、頭の中の世界と、頭の外の世界を別々に建立して生きてゐる。此大不調和を忍んでゐる所が、既に無形の大失敗ぢやないか。何故と云つて見給へ。僕のは其不調和を外へ出した迄で、君のは内に押し込んで置く丈の話だから、外面に押し掛けた丈、僕の方が本当の失敗の度は少ないかも知れない。》（『それから』〈六〉）

社会の圧力がどれほど強いものであるかは、私たち自身が身を以てよく知っていることだし、社会生活を営むことは、この社会の圧力を知ることでもあるだろう。父親のいう、「学んだものは、実地に応用して始めて趣味が出るものだ」とは、学校で学んだものは社会にはほとんど何の役にも立たないという意味と同義だろう。平岡も働きながら「学理的に実地の応用を研究しやう」としたが、多忙故に断念し、いくつかの献策は、支店長に「冷然として」退けられた。私たちもほとんどこういう経過を辿り、平岡がそうであったように、「周囲の空気と融和する様にな」るし、「成るべくは、融和する様に力め」る。雨垂れも石を穿つということもあるかも知れないが、雨垂れが石を穿つ頃には私たちはもう老いているか、死んでいる。

代助はのらくらしているとは思っていない。――「たゞ職業の為に汚されない内容の多い時間を有する、上等人種と自分を考へてゐる丈である。」なぜ働かないという平岡の問いに、代助は答えて言う、

《何故働かないつて、そりや僕が悪いんぢやない。つまり世の中が悪いのだ。もつと、大袈裟に云ふと、日本対西洋の関係が駄目だから働かないのだ。（中略）日本は西洋から借金でもしなければ、到底立ち行かない国だ。それでゐて、一等国を以て任じてゐる。さうして、無理にも一等国の仲間入をしやうとする。だから、

あらゆる方面に向つて、奥行を削つて、一等国丈の間口を張つちまつた。なまじい張れるから、なほ悲惨なものだ。牛と競争をする蛙と同じ事で、もう君、腹が裂けるよ。其影響はみんな我々個人の上に反射してゐるから見給へ。斯う西洋の圧迫を受けてゐる国民は、頭に余裕がないから碌な仕事は出来ない。悉く切り詰めた教育で、さうして目の廻る程こき使はれるから、揃つて神経衰弱になつちまふ。話をして見給へ大抵は馬鹿だから。自分の事と、自分の今日の、只今の事より外に、何も考へてやしない。考へられない程疲労してゐるんだから仕方がない。精神の困憊と、身体の衰弱とは不幸にして伴なつてゐる。のみならず、道徳の敗退も一所に来てゐる。日本国中何処を見渡したつて、輝いてる断面は一寸四方も無いぢやないか。悉く暗黒だ。其間に立つて僕一人が、何と云つたつて、何を為たつて、仕様がないさ。僕は元来怠けものだ。》（『同上』）

代助の痛烈な批評の矢は開化の時代を生きている平岡にも向けられているといってもいいのだが、「平岡は股の上へ肱を乗せて、肱の上へ顎を載せて黙つてゐた」。当時にあって、代助のというより漱石のといった方がいい、この辛辣で独創的な文明批評は、誰でも平岡のように「黙つて」聞くしかなかったであろう。漱石は、「西洋の圧迫を受け」て、その悲惨な影響が反射し、「精神の困憊」に苦しむ青年を初めて造形しようとしていた。この自己の血を分けた造形に成功するならば、漱石は自分の永年の研究とそれに伴う苦悩に、ある形を与えることになるのだ。これこそ、小宮のいう「今までにない」工夫の意味であった。では、草平のいう『それから』の「世間の評判」も「喝采」もこの青年の造形によっているであろうか。

滔々と西洋の文物思想の波の押し寄せる時代にあって、漱石の指摘は多く顧みられなかった。つまり漱石は少数派であったわけだが、代助の存在も考えも少数派を強いられる。彼は、漱石の他の小説の主人公と同じように家族の中でも絶対的一人であった。

昔は、

《親爺が金に見えた。多くの先輩が金に見えた。相当の教育を受けたものは、みな金に見えた。だから自分の鍍金が辛かつた。早く金になりたいと焦つて見た。》（『同上』）

数年の研鑽の後――恐らくこの代助の研鑽には漱石の神経衰弱まで行った劇しい学問集中が反映している。漱石は、代助の研鑽の様子は、書斎の洋書の他は全く示していないのだが、代助の文明批評の鋭さは天賦の能力だけでは説明がつかない。――代助の眼は深まった。「金」であった代助の父親は大きく変貌する。

《代助の父の場合は、一般に比べると、稍特殊的傾向を帯びる丈に複雑であつた。彼は維新前の武士に固有な道義本位の教育を受けた。此教育は情意行為の標準を、自己以外の遠い所に据ゑて、事実の発展によつて証明せらるべき手近な真を、眼中に置かない無理なものであつた。にも拘はらず、父は習慣に囚へられて、未だに此教育に執着してゐる。さうして、一方には、劇烈な生活慾に冒され易い実業に従事した。父は実際に於て年々此生活慾の為に腐蝕されつゝ今日に至つた。だから昔の自分と、今の自分の間には、大きな相違のあるべき筈である。それを父は自認してゐなかつた。昔の自分が、昔通りの心得で、今の事業を是迄に成し遂げたとばかり公言する。けれども封建時代にのみ通用すべき教育の範囲を狭める事なしに、現代の生活慾を時々刻々に充たして行ける訳がないと代助は考へた。もし双方を其儘に存在させ様とすれば、之を敢てする個人は、矛盾の為に大苦痛を受けなければならない。もし内心に此苦痛を受けながら、たゞ苦痛の自覚丈明らかで、何の為の苦痛だか分別が付かないならば、それは頭脳の鈍い劣等な人種である。代助は父に対する毎に、父は自己を隠蔽する偽君子か、もしくは分別の足らない愚物か、何方かでなくてはならない様な気がした。さうして、左う云ふ気がするのが厭でならなかつた。》(『それから』〈九〉)

江戸時代の道徳について、漱石は『それから』執筆の二年後の関西での講演「文芸と道徳」の中で同主旨のことを述べている。ただ漱石の江戸時代の道徳観は代助のそれより温かい。代助は知識として江戸時代の道徳を知っているだけだが、漱石は身を以て江戸時代の道徳を生きていたからである。漱石はいう、江戸時代の道徳は「完全な一種の理想的の型を拵へて」、「吾人が努力の結果実現の出来るものとし」た。「だから忠臣でも孝子でも若くは貞女でも、悉く完全な模範を前へ置いて」、尋常ならぬ努力を強いた。——「どうしても此模範通りにならなければならん、完全の域に進まなければならんと云ふ内部の刺激やら外部の鞭撻があるから、模倣といふ意味は離れますまいが、其代り生活全体としては、向上の精神に富んだ気概の強い邁往(注、勇みたてて行く)の勇を鼓舞される様な一種感激性の活計を営むやうになります。」

代助の父長井得は、『それから』の第三章の記述——得に一歳違いの兄がいて、「天下が明治となつた」四年前が十八歳とある。——より計算すれば、明治維新の時は二十一歳であった。

代助の父親は、「文芸と道徳」の言葉を藉りれば、「向上の精神に富んだ気概の強い邁往の勇を鼓舞される」時代の空気を吸って育った人である。しかし、長井得は、維新以後、「劇烈な生活慾に冒され易い実業に従事し」て、「自己を隠蔽する偽君子」か、「分別の足らない愚物」に堕落したのである。長井得は一身を以て二生を送ったことになる。――「自己以外の遠い所」に「情意行為の標準」を置いて努力した時と、「劇烈な生活慾に冒され」、「腐蝕されつつ」ある今と。これは「大苦痛」であるに違いない。しかし父は「昔の自分」が「今の事業を成し遂げた」と自認している。――ああ。代助は、ある傷ましさを感じずには父親を見ることができなかった。

漱石は何もかもが劇しく変貌する時代に生きたのである。一世代前までの「完全な一種の理想的の型」を求める生き方では、生きて行けなくなったのである。「西洋の圧迫」の中に私たちの「生活慾」を「劇しく」そそる何かがある。その何かは、一時代という長い期間のことでなく、一個人のある時期というさほど長くない時間の中にさえ、ある思いの持続を難しくしているのである。「手紙」の重吉の婚約者への思い、代助と平岡の友情が、そうである。

では、『それから』は人の心の移ろいやすさを描いたかというと、そうではない。劇しく「生活慾」をそそる時代にあって、変わらぬもの――だからこそ美しいもの――を描こうと作者はしたのである。代助と三千代の恋愛がそれである。

二

『それから』第六章に門下生森田草平の『煤烟（ばいえん）』についての批評が載っている。『煤烟』は漱石の推輓（すいばん）により明治四十二年一月一日から五月十六日まで朝日新聞に連載された。『それから』は『煤烟』のあとに百十回にわたって朝日新聞に掲載されたものである。

草平森田米松は明治十四年（一八八一）の生まれである。「草平」は漱石がつけた号であった。漱石が二年間の英国留学から「帰朝」したのは明治三十六年の一月の末で、当時草平は一高文科の三年生であった。草平は、後年回想して（『続夏目漱石』）、漱石が「英文学界の一偉材であり、かねて正岡子規の友人であることは前から聞いて」おり、「一日も早く先生を迎へて、その温容に接したいと翹望し」ていた、といっている。「帰朝」後、漱石は四月から、帝国大学——当時大学は東京にしかなかった——と一高の理科で教えることになった。草平は一高で漱石の教えを受けられなかったが、「深く失望」はしなかった。帝国大学に進学——当時は高等学校を卒業すれば大学に入れたと草平は書いている——することになっていたから、漱石の講義は大学で聴くことができると思ったからだ。しかし、進学した草平はあまり良い学生ではなかった。後に『文学論』としてまとめられた漱石の講義には出席しなかったし、シェイクスピアの講義には三分の一しか出なかった。草平は『続夏目漱石』の中で、漱石の『文学論』の講義は四月から始められていて、——当時は九月から新年度が始まった——九月から聞いてもわかるまい、来年度からまた新しく講義されるだろうと思ったと理由が書かれているが、違っていよう。草平が小説家希望であったことと、生活が乱れていたことが本当の理由であったと思われる。草平が漱石の門を敲いたのは、明治三十八年の暮近くであった。

明治三十八年になると、漱石は爆発的に創作を発表する。もう、「英文学界の一偉材」でも「正岡子規の友人」でもないのである。岩波の『漱石全集』第十八巻（昭和六十一年刊）の「漱石作品発表月次表」の明治三十八年のところを引こうと思うが、比較のために明治三十七年から引く。（談話と俳体詩は除く。また、発表誌の巻数と号数も省く）

《明治三十七年（一九〇四）
一月　マクベスの幽霊に就て「帝国文学」
二月　セルマの歌『英文学叢誌』
二月　カリツクスウラの詩『英文学叢誌』
五月　従軍行「帝国文学」
六月　小羊物語に題す十句　小松武治訳『沙翁物語集』》

《明治三十八年（一九〇五）
一月　吾輩は猫である「ホトトギス」
一月　倫敦塔「帝国文学」
一月　カーライル博物館「学燈」
二月　吾輩は猫である（続篇）「ホトトギス」
二月　カーライル蔵書目録「学燈」
四月　吾輩は猫である（三）「ホトトギス」
四月　幻影の盾「ホトトギス」
四月　〈講演〉倫敦のアミユーズメント「明治学報」
五月　琴のそら音「七人」
五月　〈講演〉倫敦のアミユーズメント（承前）「明治学報」

六月　吾輩は猫である（四）「ホトトギス」
七月　吾輩は猫である（五）「ホトトギス」
七月　序　清瀬白雨訳『ウォルヅヲォスの詩』
九月　一夜「中央公論」
十月　『吾輩ハ猫デアル』大倉書店・服部書店
十月　吾輩は猫である（六）「ホトトギス」
十一月　薤露行「中央公論」》

明治三十八年に至って初めて、私たちの知っている漱石に出会うのである。小説家希望の草平が、明治三十六年四月から漱石を知りながら、明治三十八年の暮近くになって漱石の門を敲（たた）くのもうなずけるのである。

草平は初めての訪問で漱石に何を語つたか。草平は「覚えてゐない。」しかし自作の「病葉（わくらば）」の載っている雑誌『藝苑（げいえん）』のことを話し、「読んで頂きたい」とお願いしたらしい、という。それは明治三十八年十二月三十一日付けの草平宛の漱石の手紙によって知れる。

《拝啓本日書店より藝苑の寄贈をうけて君の病葉を拝見しました。よく出来て居ます。文章抔（など）は随分骨を折つたものでせう。趣向も面白い。然（しか）し美しい愉快な感じがないと思ひます。或は君は既に細君をもつて居る人ではないですか。それでなければ近時の露国小説抔を無暗によんだんでせう。どつちから来たか知らんが書物か、実地から来たに相違ない。然しあれをもつと適切に感ぜさせるのはあの五六倍か丶ないと成程とは思はれないですよ。凡ての因縁ものは因縁がなる程と呑み込める様に長たらしくか丶んと面白くゆかぬ様に思ひますがどうですか。あれで悪いといふのではない。長くしたらもつと面白く見えるだらうと云ふのです。あ丶云ふ裏面の消息は表面の恋をかき尽くして種切れになつた時に考へ出すか又は自分が経験を積んで表面の恋が馬鹿々々しくなつた時に手をつけるものだ。君の若さであんな事をかくのは、書物の上か又は生活の上で相応の原因を得たのでありませう。ホト丶ギスに出た伊藤左千夫の野菊の墓といふのを読んで御覧なさい。文章は君の気に入らんかも知れない。然しうつくしい愉快な感じがします。以上

十二月三十日夜　　　　金

白楊兄

今朝又読み直して見ました。あれを今少々活躍させる工夫があると思ひます。あれ丈の短篇では今少々活躍させせんと完璧とは云はれない。それでなければもつと長くかく。三十一日》

「金」とは漱石の本名の夏目金之助の「金」であることはいうまでもない。「白楊」は、漱石と同じく帝国大学の講師であり、「藝苑」の同人であつた柳村上田敏から付けてもらった森田米松の号である。「兄」は「同輩ニ対シテ用ヰル敬称」（『大言海』）である。漱石は、同じく文学に志す者として「兄」を用いたのであろう。

草平は漱石の眼光の鋭さに驚いた。「露国」つまりロシアの小説を草平は耽読していた。後に漱石にドストエフスキイを読むように執拗に迫ったのも草平であった。また、草平はいう、当時は未だ結婚していな

かったけれど、確に妻子は持っていた、と。

草平は明治四十年、馬場孤蝶や友人生田長江と共に「金葉会」を設立し、「女子大の卒業生や生徒、その他女学校の生徒を集めて文学の講義を始めた。」ここで、草平は『煤烟』の朋子こと平塚明子――後の平塚雷鳥、明治四十四年に婦人文芸誌『青鞜』を発刊する――に出会ったのである。草平二十六歳、明子二十一歳であった。草平は明子と出会った時には、郷里の女性――『煤烟』の隅江――に子供を生ませ、下宿先の娘とも過ちを犯していた。

また明治四十年四月より勤めていた、駒込の天台宗中学林を学期試験当日の無断欠勤がもとで十二月に首になった。

草平は行き詰まっていた。自伝的小説『煤烟』の中で、草平はいう、

《二人の女が眼に泛んだ。二人を犠牲としながら、自分もそれに搦まれて身動きも出来ぬ、あの惨目な境遇から遁れようと思へば、新しい誘惑の力にたよる外はない。今の自分に誘惑に従ふ外に何の力もない。唯悪いことを重ねて行く。切めて一つの悪いことを忘れるために他の悪いことに移つて行く――その外に何うする力もない。》

草平と明子(『煤烟』の中では要吉と朋子)は明治四十一年二月、死を決して旅に出た。二十一日栃木県塩原の尾花峠で警察に保護され、教育ある男女の情死事件として報じられた。この事件によって、草平は社会的に葬られてしまった。行き場を失った草平に、長江は「先づ夏目先生を頼れ」と勧めた。累が漱石に及ぶこ

とを恐れる草平に、長江は言う、――累は疾うに及ぼしているんだ。朝日新聞の記者が先生の許に遣って来て、先生も已むを得ず一通りは話されたらしい。それが今朝の新聞に大々的に発表されている筈だ。君はもう社会的に葬られているんだよ。これからも、君が帰れば、方々の記者が一度にどっと押寄せて来るだろう。それから君の身を護るためにも、先生の庇蔭に頼る外ない――草平は四月十日に下宿するまでの四十日ほど漱石の家に起居した。この四十日の間に、草平は書くしかないと思うに到った。「死物狂ひになつて」書こうと思った。その決意を漱石に愬えると、漱石は「恨めしい程冷静」に言った、――そりゃ書くがいい、書くことは君にも許されるだろう。書く外に、今後君が活きて行く道はないのだからね。――こうして書き上げられたのが『煤烟』であった。

『煤烟』は、草平が筆を執っていると知れて、連載前から大きな評判を呼んだ。小宮は、当時を回想していう、『煤烟』は懺悔、告白の文学として、漱石以上であるとさえ称せられた、と。しかし、漱石の考えは違っていた。先にも書いた様に、『煤烟』は明治四十二年元旦から連載された。一月二日付けの漱石の馬場孤蝶宛の手紙に、「煤烟出来栄ヨキ様にて重畳に候」とあって、漱石もその出来栄えを歓迎していた。ところが二月七日付けの草平宛の手紙では、『煤烟』の評価は下がった。

《拝啓煤烟世間にて概して評判よき由結構に候。先日四方太（注、坂本四方太のこと。俳人）は激賞の手紙をよこし候。

然る所一から六迄はうまい。（其中要吉が寺へ行つて小供に対する所は少し変也）七になつて神部なるものが出て来て会話をする所如何にもハイカラがつて上調子なり。罵倒して云へば歯が浮きさうなり。どうか御気を御付け下さい。病院の会話も然りあれでは病気見舞に行つたよりあゝ云ふ会話をやりに行つたやうなり否あゝいふ会話が出来る事を読者に示す為に書いたやうなり。頗るよろしからず。君もし警句を生かさんが為に小説をかゝば顔の美を保存せんとて手術は御免蒙り夫が為に命をとられる虚栄心強き婦人と同じ。警句が生きると同時に小説滅びる事あるべし。切に注意ありたし。夫から田舎から東京へ帰りて急に御種（注、『煤烟』の登場人物）の手を握るのは不都合也。あれぢや、あとの朋子との関係が引き立つまい。要吉は色魔の様でいかん。

要吉は細君に対して冷刻なる観察其他要吉の名誉にならぬ事をしたり云つたりする。五六行先へ行くと必ずそれを自覚して自己を咎めてゐる。是草平が未だ要吉を客観し得ざる書き方なり。自己の陋を描きながら自から陋に安んずる能はずして一解ごとに弁解しつつ進まば厭味にあらずして何ぞや。但し是は書き方にあらず寧ろ書き方の呼吸なるべし。御注意ありたし

四方太激賞の後二三日前に出会す。彼曰く今迄大に担いだが今更困ると。余曰く忠告すれば元気沮喪しさうだし。忠告せざればますますあんな風に会話をかくだらう困つたと。小宮もあの会話に不賛成なり。たゞしあの会話も時と場合にて活きる事あらん。君の用ひたる時と場合にては全くうその会話也。

右の条々御注意迄に申入候猶御努力可然候　草々

二月七日　　金之助

草平様

今日の所持直しの気味なり》（傍点漱石）

この漱石の指摘の「全部をそのまま承認することが出来るやうになる迄には、三十年かゝつた」と草平は昭和十八年に出版した『続夏目漱石』でいう。当時草平は思った、なに朋子が出て来て、あの女が活躍するようになれば、又見直して貰えるだろう。朋子だけはどうしても先生に理解して貰うように描き上げなければならない――この思いだけを頼りに草平は筆を執り続けた。

この草平と明子（『煤烟』の中では要吉と朋子）の恋愛の詳細は、草平の身柄を引き取った四十日ほどの間に、漱石は本人の口から聴いていた。漱石はいう、

《どうも僕には能く解らないね。だがやつぱり火遊びだ。二人とも真剣な顔をして、その実遊戯をしてゐたものとしか思はれない。》（『続夏目漱石』）

《二人の遣つてゐたことは、どうも恋愛ではない。》（『同上』・傍点引用者）

草平は反論する、恋愛以上のものを求めていた、人格と人格との接触によって、霊と霊との結合を期待していた、と。

漱石は一蹴して言った、

《馬鹿なことを云ふものでない。男と女とが人格の接触によつて、霊と霊との結合を求めるのに、恋愛を措いて外に道があるものか。》（『同上』・傍点引用者）

ここに、漱石と草平との間に、「恋愛」という言葉についての認識に大きな隔たりがあることが分かる。漱石のいう「恋愛」とは何か。

三

「恋愛」という言葉について注目すべき文章がある。柳父章(やなぶあきら)の『翻訳語成立事情』(昭和五十七年刊)である。柳父はいう、「恋愛」とは舶来の観念である、ということを語りたい、と。日本には、「恋」はあり、「愛」はあり、あるいは「情」も「色」もあった。しかし、「恋愛」はなかった。柳父はLOVEやこれに相当する西欧語の翻訳語の歴史を振り返る。

幕末から明治初期の人々によく使われた『英華辞典』には、動詞LOVEの翻訳語に「恋愛」という言葉はあるが、名詞LOVEの訳語に「恋愛」はない。日本語の辞書に「恋愛」が現われるのは一八八七年版『仏和辞林』で"amour"の訳語としてである、という。また「恋愛」の実際の用例としては、中村正直が翻訳した、イギリス人サミュエル・スマイルズの『西国立志編』において、一か所「恋愛する」という動詞が用いられているが、これは中村がよく依拠した『英華辞典』の訳語を受け継いだと考えられると柳父は述べている。

ここに画期的な名詞の「恋愛」が現われた。明治二十三年(一八九〇)十月のことであった。巖本善治(いわもとよしはる)が自分の主宰していた『女学雑誌』にイギリスのバーサ・クレイ(注、柳父章の『翻訳語成立事情』内の表記では「クレイ・バルサ」)の『谷間の姫百合』についての感想を「批評」と題して書いた。翻訳をしたのは、伊藤博文の娘婿で、初めて『源氏物語』を英訳した、青萍末松謙澄であった。
（この青萍末松謙澄とは、後年、漱石と草平はある関わりが生じた。明治三十九年のことである。日露戦争中、男爵末松謙澄は英国ロンドンに出張して、日本の宣伝に当たり、日本を紹介するために、Rising Sunと題して、ある雑誌に連載した。それを昔『谷間の姫百合』で儲けた本屋が柳の下に二匹目の泥鰌を狙い、翻訳出版しようとした。その訳者に漱石が見込まれたのであった。漱石は、今度も同じ末松男の著で当てようと云うのだろうが、そう同じ柳の下に鰌がいるものかと、笑ったという。「翻訳の事は実は僕に訳せといふから、末松著で下働きをするなら食ふものに困つた時でなくてはいやだ。然し末松さんより上手な文章家を周旋してくれといふなら教へてやると威張つた結果とうとう君と栗原君の所へ持つて行く事になつた」（明治三十九年五月五日）と草平に漱石は書き送った、六月二十三日、訳が完結したと報告を受けた漱石はまた草平に認めた、「末松先生外題を改めて夏の夢日本の面影としたさうだ。何だか本郷座でやりさうぢやないか。青萍先生も存外話せない男だ」）

巌本善治は『谷間の姫百合』の訳についていう、

《訳本を評するには文章の外か言ふべき所あらず。更に一事の感服する所ろ（中略）を挙れば、訳者がラーブ（恋愛）の情を最とも清く正しく訳出し、此の不潔の連感に富める日本通俗の文字を、甚はだ潔ぎよく使用せられたるの手ぎはにあり。例せば、

私の命は其恋で今まで持てヽ居ります。恋は私の命ちで私に取りても此外には何の楽も願もありませぬ。私に此恋を忘れよと云ふのは骨を抜て生きて居よと云はるゝも同様です。（五十四頁）

あなたも兼ての約束をお取消下さい。あなたは実に男一人の腸を寸々にしました。
一生を形なしにしました。（八十三頁）

の如き、英語にては"You have ruined my life."など云ふ極めて適当の文字あれど、日本の男子が女性に恋愛するはホンノ皮肉の外にて、深く魂（ソウル）より愛するなどの事なく、随つてかゝる文字を最も厳粛に使用したる遺伝少なし。》

柳父はいう、

《ここで「ラーブ（恋愛）」ということばが登場しているのだが、筆者は、これを、「恋」などのような「不潔の連感に富める日本通俗の文字」とは違う、と考えている。LOVEと「日本通俗」の「恋」とは違う。そこで、そのLOVEに相当する新しいことばを造り出す必要があった。それが「恋愛」ということばだったわけである。》

柳父は、前述した巖本の「批評」の発表前後に書かれた透谷の文章を読み、比較し、巖本が展開した「恋愛」観に呼応する透谷の精神が、「批評」以後に生まれたことを語る。巖本の「恋愛」観は、

《恋愛は人世の秘鑰（ひやく）（注、秘密の庫をあける鍵）なり、恋愛ありて後（のち）人世あり、恋愛を抽（ぬ）き去りたらむには人生何の色味かあらむ》（『女学雑誌』明治二十五年二月「厭世詩家と女性」）

という透谷の文にひびき、さらに、この透谷の文を読んだ木下尚江に深い痕跡を残したと柳父は指摘する。

（透谷と木下尚江の二人のことについては、同様のことを中村光夫も『近代の文学と文学者』で指摘している。）

木下尚江は四十二年後の昭和九年に当時を回想して次のように語っている。

《青年時代になり、忘れることの出来ない様になつたのが透谷の言葉である。当時、公立の学校や青山築地等に基督（キリスト）教の女学校は幾つかあつたが、民間唯一の女学校といふべきは明治女学校であつた。明治女学校の校長は木村鐙子（とうこ）（女史はアメリカ帰りの宣教師木村熊二氏の夫人で、政治家田口卯吉氏の姉に当る）、その経営に当つてゐたのが巌本善治氏で、この人が「女学雑誌」を出してゐられた。この頃一方徳富蘇峰氏が「国民之友」を出し青年の羨望の的となつてゐた。当時の進歩的青年はこの二つの雑誌を読んでゐて、田舎に於ける私の必読書でもあつた。》（「福沢諭吉と北村透谷」〔『明治文学研究』昭和九年二月発行〕）

木下尚江は、透谷の「恋愛は人世の秘鑰なり」という文章を読んだ、

《この一句はまさに大砲をぶちこまれた様なものであつた。この様に真剣に恋愛に打込んだ言葉は我国最初のものと想ふ。それまでは恋愛――男女の間のことはなにか汚いものの様に思はれてゐた。それをこれほど明快に喝破し去つたものはなかつた。》（「同上」）

巌本の『谷間の姫百合』評は北村透谷や木下尚江のように肯定的に受け取ったものばかりではなかった。木下尚江の文にもある『国民之友』の徳富蘇峰は反発を露わにした。「非恋愛」（『国民之友』〔明治二十四年一

月」）と題して反駁した。

《人は二人の主に事る能はず、恋愛の情を遂げんと欲せば功名の志を抛たざる可らず、功名の志を達せんと欲せば、恋愛の情を抛たざる可らず》

《恋愛は人を動かす一大槓杆（注、てこ。棒）なり、此の槓杆の為めには、一世の英雄も、転動せらるゝ也、唯だ英雄の英雄たるは、槓杆の外に立つのみ、ナポレオンは云はずや、要するに恋愛は、怠者の職業也、戦士の害物也、帝王の暗礁也と、恋愛の神は嫉妬の神也、人若し此の聖壇の下に跪拝する時には、他物と関渉するを容さゞる也、功名をも、志望をも、事業をも》

蘇峰は、巖本の言葉をかりれば「東洋豪傑流の筆法」で反論した。蘇峰は、いわば新しい儒者の立場で発言している。巖本は「非恋愛を非とす」として反論する、「蓋し若し恋愛の短所を専穿せば、或は之より尚甚しきものあらんとす。」――私は思う、恋愛の欠点を洗いざらい搾り出そうとすれば、徳富氏が挙げたものより甚だしいものがあるだろう、と。巖本は続ける、

《然れども此は恋愛そのもの、罪にあらず。恋愛は神聖なるもの也》（傍点原文）

柳父はいう、

《この新しく出現した「高尚な」ことがらを表わすことばは、新しいことばが結局ふさわしいと思われていたようである。「恋愛」は、以後、この雑誌を中心とする人々の間に急速に普及し、流行した。「恋愛」の流行は、まず「恋愛」ということばの流行であった。》

だが「恋愛」といふ言葉が、作者といっていい巖本善治の意を含んだ形で使われて行ったか、というとそうではない。柳父は、巖本のそばにいた北村透谷の使う「恋愛」という言葉すらLOVEのすぐ向うにあったが同じではなかった、といっている。

木下尚江は追想する、

《日本も爾来(じらい)四十年を経過し文化も栄えたが、「恋愛は人世の秘鑰なり」といふ鉄門を開いた人が天下に幾人あるだらうか。十八、九歳の頃から恋愛した透谷の様な真面目な人は私達の間にはなかつた。彼は実にその先駆者であつたのだ。が、はたして透谷は恋愛の鍵を以て人生といふ鉄門を開き得たのであらうか。此処(ここ)に鍵があるといふ事は知つたのであらうが、その鉄門を開くまでに至らず、実相を見るに及ばないで倒れた人であると想ふ。凡そ恋愛の鍵により人生の鉄門を開いた人が世に何人あるであらうか。恋愛の犠牲者は実に多数にある。幸徳秋水、島村抱月、有島武郎等は皆この鍵を握つたまゝ鉄門の前で討死した人と思ふ。》

漱石のいう、「男と女とが人格の接触によつて、霊と霊との結合を求めるのに、恋愛を措いて外に道があるものか」という言葉は、巖本のいった、「深く魂より愛する」と同義ではないのか。『こころ』の読者は

「先生」が「私」に向つて言ふ次の言葉をよく知つてゐるはずだ。――「とにかく恋は罪悪ですよ、よござんすか。さうして神聖なものですよ」（「先生と私」〈十三〉・傍点引用者）。「神聖」は、また、繰り返しを怖れずにいえば、巖本が「非恋愛を非とす」の中で使った言葉であった。木下尚江は「当時の進歩的青年」は『女学雑誌』と『国民之友』を「読んでゐ」たという。当時二十三歳の漱石は巖本の文章を読まなかったであろうか。

四

『それから』の「恋愛」の世界に入る前に、触れなければならないことがまだある。漱石と草平の「恋愛」についての話に戻らなければならない。『煤烟』を見てみよう。

要吉と朋子は、九段の広場を抜けて、招魂社の裏手にある料理屋の軒をくぐった。二人は裏の小座敷に通された。

《朋子はなほ黙つて居る。

要吉は窃と女の手を離して、「それぢや貴方は如何しても徹骨徹髄に醒めた女だと云ふのか。けれども醒めて見た所で、矢張新しい幻影の中へ起きるに過ない。縦し真実に底の冷たい水に触れることが出来たとしても、そりやナッシングだ、無に立脚する外はない。」

「無かも知れませぬ。無に堪へやうと思ひます。」

女は短刀の如く云ひ切つた。（中略）

北向の窓へ風が吹き附けるたびに、腰硝子の障子ががたがたと鳴る。其音が如何にも寒さうに聞える。要吉は黙つて腕組して居たが、急にぶるぶると身を戦はせた。

「如何為さいまして」と、朋子が気遣はし相に訊いた。

「え」と、要吉も蒼い顔を上げて、「如何もしません」

「御酒でも召上りませんか。」

「左様ですね」と、気の無い返辞をしたが、直ぐ又、「飲ませて下さいますか。」

「えゝ」と、朋子は落着いて笑つて見せた。

「其代り私酒盃ぢや飲まない。」

「何で召上ります。」

要吉は何とも云はないで、火鉢の縁に掛けた女の両手を見詰めた。手の甲に蒼い筋が淡く透いて見える。

「何でも可いから、片方の手を前へ出して御覧なさい。」

朋子は云ふがまゝに左の手をを出した。要吉は其手頸を握つて、指を揃へて掌で凹みを作らせた。衣囊から小さい罎を出して、其処へ強い酒を注ぐ。それ迄為れるまゝにして居た朋子は、酒が掌に充つると同時に、ぱつと指を開いた。酒はだらだらと火鉢の中へ滾れて、白い灰が立つ。要吉は身を反した。》

ほとんど痴態といっていい、この場面は、漱石が草平に言った、「火遊び」といっても、「遊戯」といっても差し支えなかろう。これは「恋愛」ではない。

右に引用した箇所は明治四十二年三月六日の土曜日に新聞に載ったのだが、漱石は同日の日記に次のように書いた。

《要吉朋子九段の上での会合の場

煤烟は劇烈なり。然し尤(もつと)もと思ふ所なし。この男とこの女のパッシヨンは普通の人間の胸のうちに呼応する声を見出しがたし。たゞ此男と此女が丸で普通の人を遠ざかる故に吾々は好奇心を以て読むなり。しかも其好奇心のうちには一種の気の毒な感あり。彼等が入らざるパッシヨンを燃やして、本気で狂気じみた芝居をしてゐるのを気の毒に思ふなり。行雲流水、自然本能の発動はこんなものではない。此男と此女は世紀末の人工的パッシヨンの為に囚(とら)はれて、しかも、それに得意なり。それが自然の極端と思へり。だから気の毒である。神聖の愛は文字を離れ言説を離る。ハイカラにして能く味はひ得んや。》(傍点引用者)

今一つ、『煤烟』から引く。三月二十八日と二十九日に新聞に載ったところである。

《御院殿の坂を降りて、其下の踏切を越した。其処に葭簀(よしず)張りの茶店があるが、店を閉つて椽台(えんだい)も伏せてある。二人は立寄つて、其端に腰を卸(おろ)した。雨が降つた後で板が湿め湿めする。

朋子は何時迄も物を云はぬ。

折柄上(おりから)り列車が耳を聾(ろう)するやうな、気味の悪い音を立てゝ、二人の顔に生暖かい風を打附(ぶつ)けて通つた。汽車の音が長く尾を引いて、森の彼方(かなた)に消えた後は、一しきり魔物の通つたやうな沈黙がつゞく。女は石の様に黙つて居る。要吉にはそれが自分ならぬ外の者――恐らく此世ならぬ他界の者と会話を続けて居られるやうに思はれてならぬ。いよいよ此女に近寄る望みを捨てなければならぬかと思ふと、胸は大石で抑へられたやうで、子供らしく其処へ泣き倒れたい。

「如何することも出来ない、私は如何することも出来ない。」

要吉は前へ廻つて両手で女の肩を摑みながら、滅茶々々なことを言ひ出した。貴方は私を瞞（だま）した、嘘吐（うそつ）きだと云つた。貴方は私を愛するんだ、愛せずには居られないと云つた。朋子は肩を摑まれたまま静に男を見返した。木下闇（このしたやみ）の灰暗（ほのぐら）いので、顔の色は能く分らぬが、男の顔にかかる女の息は熱かつた。

「貴方は私を愛するんだ、愛せずには居られない。」要吉は執拗（しゆうね）く繰返した。

「私覚悟しました」と、朋子は始めて口を開（あ）いた。手早く包みの中から短い小刀（ナイフ）を取出して、要吉の手に握らせた。

「これで何処でも可（い）いから、私の肉を裂いて――血を啜（すす）つて下さいまし。それより外に両人が一つに成る道はありません。」

要吉は小刀と一緒に女の手を支へたまま、姑（しばら）く物が云へなかつた。肉を裂いて血を啜る――趣味として可厭（いや）な趣味だ。

「そりや」と、なほ堅く女の手を持つたまゝ、「そりや一緒に死ねと云ふことか。」

斯う云つて女の顔を見詰めて居たが、

「私は死ねる、貴方と同じ因由（コオス）でなら死に得る。併し貴方は貴方のために死に、私は私のために死ぬ、そんな事は迚（とて）も堪へられない。そんな事ぢや迚も死ねない。――ね、私と同じ因由で死んで呉れるか、同じ道に来て呉れるか。」
女は俯向(うつむ)いたまま何時迄も返辞をせぬ。》(傍点引用者)

漱石は、ここを読んでも、「煤烟は劇烈なり。然し尤もと思ふ所なし」といったろう。「此男と此女が丸で普通の人を遠ざかる」様を、否定の気持ちを露わにして見詰めたであろう。そもそも「小刀を取出して」、男の手に握らせ、「これで何処でも可いから、私の肉を裂いて――血を啜って下さいまし。それより外に両人が一つに成る道はありません」とはどういうことか。この「劇烈」には少しの「行雲流水、自然本能の発動」もないではないか。「狂気じみた芝居」だ。漱石歿後、全集の中で漱石の日記を読んだ草平は、

《これでは『煤烟』に対する全面的否定である。少しも仮借する所なく、また少しもその存在を認めようともされてゐない。若し私が『煤烟』執筆中にこれを読んだら、恐らくはもうその後を続けるだけの勇気がなくなつたかも知れない。》(『続夏目漱石』)

漱石の『煤烟』に対する批評は日記だけではなかった。『それから』にもあった。それは、漱石を師と仰ぐ草平には日記と同様に痛烈ではなかったろうか。『それから』の第六章に、「傍(そば)にあつた新聞を取つて、『煤烟』を読んだ。呼吸の合はない事は同じ事である」とあるからだ。

この、『それから』の第六章に、代助が、毎日『煤烟』を新聞で読む書生の門野に、「肉の臭(にほ)ひがしやしないか」と聞くところがある。門野は「しますな。大いに」と答えている。後で引くが、三千代は出産で心臓

に病を得て、完治が見込めない体になって東京に戻って来ている。漱石は周到に代助の「恋愛」から「肉の臭ひ」を消しているのである。「肉の臭ひ」の有無もまた「呼吸の合はない」理由となるであろう。

この二人の「恋愛」観の隔たりを示すものがまだある。『煤烟』に対する漱石の指摘を草平が「そのまま承認することが出来るやうになる迄には、三十年かかつた」ということは先に引いたが、その三十年後に書いた『続夏目漱石』に草平は、明治四十二年三月六日の漱石の「日記」を、引いた。その時、草平は「神聖の愛」の「神聖」の下に、括弧(かっこ)をつけて、(真正?)と書き添えたのである。このことほど、この二人の師弟の思想の隔たりを、少なくとも「恋愛」観の隔たりを示しているものはない。

漱石は『それから』で「行雲流水、自然本能の発動」した「恋愛」を描こうとした。それは若き世代への思想上の挑戦でもあった。『それから』の読者は、三千代が、朋子とは全くといっていいほど違った趣きで、「覚悟」という言葉を発音するのを聴くだろう。漱石はいっているようだ、女性は本来、そんな風に「劇烈」な、「人工的パッションの為に囚はれて」、「覚悟」を表明しはしない。もっと生活に根付いて使うものだ。「覚悟」とは生活の「覚悟」である、と。

五

かつて小林秀雄はそのドストエフスキイ論の中で、一流の小説の登場人物には一流の人間の刻印があるといったが、漱石の小説の主人公には漱石の人格の刻印がある。代助の思想には漱石の思想の刻印が、代助の恋愛には若き漱石の恋愛の刻印がある。漱石が自己を離れた俗物をその小説の主人公とするのは遺作となった『明暗』の「津田由雄」からである。

《彼（代助）は高尚な生活欲の満足を冀ふ男であつた。又ある意味に於て道義欲の満足を買はうとする男であつた。さうして、ある点へ来ると、此二つのものが火花を散らして切り結ぶ関門があると予想してゐた。それで生活欲を低い程度に留めて我慢してゐた。》（『それから』〈十二〉）

これは代助を理解するための大切な言葉である。「生活欲」は美しい女性の一面が代表していた。「道義欲」は友情が代表していた。かつて、「此二つのものが火花を散らし」そうになった時、代助は「道義欲の満足を買」った。

代助は今思う。

《三千代を平岡に周旋したものは元来が自分であつた。それを当時に悔る様な薄弱な頭脳ではなかつた。今日に至つて振り返つて見ても、自分の所作は、過去を照らす鮮かな名誉であつた。》（『それから』〈八〉）

ほとんど総身に漱石の学問と批評の熱情と鋭敏を受けた代助の眼が世間に向う。

《代助は人類の一人として、互を腹の中で侮辱する事なしには、互に接触を敢てし得ぬ、現代の社会を、二十世紀の堕落と呼んでゐた。さうして、これを、近来急に膨脹した生活慾の高圧力が道義慾の崩壊を促がしたものと解釈してゐた。又これを此等新旧両慾の衝突と見做してゐた。最後に、此生活慾の目醒しい発展を、欧洲から押し寄せた海嘯と心得てゐた。

この二つの因数は、何処かで平衡を得なければならない。けれども、貧弱な日本が、欧洲の最強国と、財力に於て肩を較べる日の来る迄は、此平衡は日本に於て得られないものと代助は信じてゐた。さうして、斯ゝる日は、到底日本の上を照らさないものと諦めてゐた。だからこの窮地に陥つた日本紳士の多数は、日毎に法律に触れない程度に於て、もしくはただ頭の中に於て、罪悪を犯さなければならない。さうして、相手が今如何なる罪悪を犯しつゝあるかを、互に黙知しつゝ、談笑しなければならない。代助は人類の一人として、かゝる侮辱を加ふるにも、又加へらるるにも堪へなかつた。》（『それから』〈九〉）

「欧洲から押し寄せた海嘯」は、「生活慾の目醒ましい発展」という姿で日本に押し寄せ、日本人の「道義慾」を喰い殺していた。平岡も喰われてしまった。こういう風潮の中で、代助の「道義慾」は時流に反した極めて愚劣なものと見られるだろう。代助は、日本人の一人として、「かゝる侮辱を加へらるるに堪へなかつた」であろう。

代助の神経は困憊していた。

《午寐を貪ぼつた時は、あまりに潑溂たる宇宙の刺激に堪えなくなつた頭を、出来るならば、蒼い色の付いた、深い水の中に沈めたい位に思つた。それ程彼は命を鋭く感じ過ぎた。》（『それから』〈十〉）

代助の室は「普通の日本間」であって、「是(これ)と云ふ程の大した装飾もなかつた。」

《彼に云はせると、額さへ気の利いたものは掛けてなかつた。色彩として眼を惹く程に美しいのは、本棚に並べてある洋書に集められたと云ふ位であつた。》（『それから』〈十一〉）

代助はどうかしなければならないと思ひ続ける。室の中を見回してみる。壁をぽかんと眺める。

《最後に、自分を此薄弱な生活から救ひ得る方法は、たゞ一つあると考へた。さうして口の内で云つた。
「矢つ張り、三千代さんに逢はなくちや不可(いか)ん」》〈同上〉

代助は「平岡の妻に対する仕打(しうち)が結婚当時と変つ」たのを平岡夫婦が東京へ戻った当時から「見抜い」ていた。

《彼（代助）は此結果の一部分を三千代の病気に帰した。さうして、肉体上の関係が、夫の精神に反響を与へたものと断定した。又其一部分を子供の死亡に帰した。それから、他の一部分を平岡の遊蕩に帰した。又他の一部分を会社員としての平岡の失敗に帰した。最後に、残りの一部分を、平岡の放埒(ほうらつ)から生じた経済事状に帰した。凡てを概括した上で、平岡は貰ふべからざる人を貰ひ、三千代は嫁ぐ可(べ)からざる人に嫁いだのだと解決した。代助は心の中で痛く自分が平岡の依頼に応じて、三千代を彼の為に周旋した事を後悔した。

けれども自分が三千代の心を動かすが為に、平岡が妻から離れたとは、何（ど）うしても思ひ得なかつた。》（『それから』〈十三〉）

雨が昨夜来降り続いていた。昼少し前までぼんやり雨を眺めていた代助は、昼食を済ました後、三千代との二人だけの会見の邪魔をされないように実家に電話をして用を明日に延ばし、平岡の会社に電話をして平岡の在社を確認した。そして、大きな百合をたくさん買って来て花瓶に分けて挿（さ）した。それから、書生の門野に、三千代への手紙を手渡して、車で三千代を呼んで来るように言い付けた。代助は部屋を掩（おお）う百合の花の強い香の中に己れを置いた。時が移るのを代助は置時計の針に見た。雨を圧して三千代はやって来た。

《雨は依然として、長く、密に、物に音を立て丶降つた。二人は雨の為に、雨の持ち来す音の為に、世間から切り離された。同じ家に住む門野からも婆さんからも切り離された。二人は孤立の儘（まま）、白百合の香の中に封じ込められた。》（『それから』〈十四〉）

代助が三千代と逢う前にわざわざ買つて来た百合は二人の恋愛を暗示する花であった。

《昔し三千代の兄がまだ生きてゐた時分、ある日何かのはづみに、長い百合を買つて、代助が谷中の家を訪ねた事があつた。其時彼は三千代に危（あや）しげな花瓶（はないけ）の掃除をさして、自分で、大事さうに買つて来た花を活けて、三千代にも、三千代の兄にも、床へ向直つて眺めさした事があつた。》（『それから』〈十〉）

地方から東京に戻って間もない頃、三千代は、代助が彼女に渡した小切手の礼を言いに、買物のついでに一人で代助を訪ねたことがあった。その時三千代は百合の花を三本提げて持って来た。三千代も昔の百合を覚えていたのである。

「部屋を掩(おお)ふ強い」百合の香りの中で、二人の会話は始まる。

《「先刻(さつき)表へ出て、あの花を買つて来ました」と代助は自分の周囲を顧みた。三千代の眼は代助に随(つ)いて室の中を一回(ひとまわり)した。其後で三千代は鼻から強く息を吸ひ込んだ。

「兄さんと貴方と清水町にゐた時分の事を思ひ出さうと思つて、成るべく沢山買つて来ました」と代助が云つた。

「好い香ですこと」三千代は翻(ひる)がへる様に綻(ほころ)びた大きな花弁(はなびら)を眺めてゐたが、夫(それ)から眼を放して代助に移した時、ぽうと頬を薄赤くした。

「あの時分の事を考へると」と半分云つて已(や)めた。

「覚えてゐますか」

「覚えてゐますわ」

「貴方は派手な半襟(はんえり)を掛けて、銀杏(いちよう)返しに結(ゆ)つてゐましたね」

「だつて、東京へ来立(きたて)だつたんですもの。ぢき已めて仕舞(しま)つたわ」

「此間百合の花を持つて来て下さつた時も、銀杏返しぢやなかつたですか」

「あら、気が付いて。あれは、あの時限(かぎり)なのよ」

「あの時はあんな髷に結ひ度なつたんですか」

「ええ、気迷れに一寸結つて見たかつたの」

「僕はあの髷を見て、昔を思ひ出した」

「さう」と三千代は耻づかしさうに肯つた。》（『それから』〈十四〉）

二人はしばらく思い出の中を歩んだ。

《代助と三千代は五年の昔を心置なく語り始めた。語るに従つて、現在の自己が遠退いて、段々と当時の学生時代に返つて来た。二人の距離は又元の様に近くなつた。》〈同上〉

三千代には納得できないことがあった。恐らくこういう機会が生れなければ、三千代は代助に生涯聞くことはなかったであろう。


《「あの時兄さんが亡くならないで、未だ達者でゐたら、今頃私は何うしてゐるでせう」と三千代は、其時を恋しがる様に云つた。

「兄さんが達者でゐたら、別の人になつて居る訳ですか」

「別な人にはなりませんわ。貴方は？」

「僕も同じ事です」

三千代は其時、少し窘（たしな）める様な調子で、

「あら嘘」と云つた。代助は深い眼を三千代の上に据ゑて、

「僕は、あの時も今も、少しも違つてゐやしないのです」と答へた儘、猶しばらくは眼を相手から離さなかつた。三千代は忽（たちま）ち視線を外（そ）らした。さうして、半ば独り言の様に、

「だつて、あの時から、もう違つてゐらしつたんですもの」と云つた。》〈同上〉

三千代に、――女にどうして「道義慾」だの「生活慾」だの、その「衝突」だのがわかろう。三千代にわかったのは、「あの時から、もう違つて」しまつた男のふるまいであった。なぜ他の男に私を嫁がせたのか。「あの時から」、三千代のこころの何がしかは死んだ。それから四年経った。

雨は依然として降り続いていた。男は「長い睫毛（まつげ）の顫（ふる）へ」ている女に言う、

《「僕の存在には貴方が必要だ。何（ど）うしても必要だ。僕は夫丈（それだけ）の事を貴方に話したい為にわざわざ貴方を呼んだのです」》〈同上〉

三千代の頬に、「顫へる長い睫毛の間から」涙が流れた。

《「僕はそれを貴方に承知して貰ひたいのです。承知して下さい」
三千代は猶泣いた。代助に返事をする所ではなかつた。袂（たもと）から手帛（ハンケチ）を出して顔へ当てた。濃い眉の一部分

と、額と生際丈が代助の眼に残つた。代助は椅子を三千代の方へ摺り寄せた。

「承知して下さるでせう」と耳の傍で云つた。三千代は、まだ顔を蔽つてゐた。しやくり上げながら、

「余りだわ」と云ふ声が手帛の中で聞えた。それが代助の聴覚を電流の如くに冒した。代助は自分の告白が遅過ぎたと云ふ事を切に自覚した。打ち明けるならば三千代が平岡へ嫁ぐ前に打ち明けなければならない筈であつた。彼は涙と涙の間をぼつぼつ綴る三千代の此一語を聞くに堪えなかつた。

「僕は三四年前に、貴方に左様打ち明けなければならなかつたのです」と云つて、憮然として口を閉ぢた。

三千代は急に手帛を顔から離した。瞼の赤くなつた眼を突然代助の上に睜つて、

「打ち明けて下さらなくつても可いから、何故」と云ひ掛けて、一寸躊躇したが、思ひ切つて、「何故棄てゝ仕舞つたんです」と云ふや否や、又手帛を顔に当て、又泣いた。》〈同上〉

三千代の兄は三千代の「趣味に関する教育を凡て代助に委任した」とあった。ここに漱石のいう「趣味」とは、漱石と同世代の大槻文彦が編んだ、『大言海』の「美ヲ、知覚弁別スル能力」に近い。三千代は代助が観たように観、代助が感じたように感じ、代助と共に笑った。三千代は代助と同じ空気を吸い、同じ息を吐いて生きていたのである。代助に「棄て」られた三千代にとって、「棄て」られてからの、この数年は一体何であったのだろうか。平岡がいうように、三千代は代助がなぜ結婚しないのかと気にし続けた。『こころ』の「先生」のように三千代も、死んだつもりで生きて行こう、と思ったのかも知れぬ。

《代助は三千代の手頸を執つて、手帛を顔から離さうとした。三千代は逆はうともしなかつた。手帛は膝の

上に落ちた。三千代は其膝の上を見た儘、微かな声で、「残酷だわ」と云つた。小さい口元の肉が顫(ふる)ふ様に動いた。》（〈同上〉）

雨は依然として降り続いていた。

《「僕は今更こんな事を貴方に云ふのは、残酷だと承知してゐます。それが貴方に残酷に聞こえれば聞こえる程僕は貴方に対して成功したも同様になるんだから仕方がない。其上僕はこんな残酷な事を打ち明けなければ、もう生きてゐる事が出来なくなつた。つまり我儘(わがまま)です。」》（〈同上〉）

代助の切実な告白を聴いて、三千代の調子に変化が生まれた。三千代は切迫した今の自分を語る、

《「私だつて、貴方が左様(そう)云つて下さらなければ、生きてゐられなくなつたかも知れませんわ」》（〈同上〉）

二人の間に、友としての平岡と、夫としての平岡が横たわる。

《「夫(それ)ぢや構はないでせう」

「構はないより有難いわ。たゞ――」

「たゞ平岡に済まないと云ふんでせう」

三千代は不安らしく首肯（うなず）いた。代助は斯（こ）う聞いた。——「三千代さん、正直に云つて御覧（ごらん）。貴方は平岡を愛してゐるんですか」

三千代は答へなかつた。見るうちに、顔の色が蒼くなつた。眼も口も固くなつた。凡（すべ）てが苦痛の表情であつた。代助は又聞いた。

「では、平岡は貴方を愛してゐるんですか」》〈同上〉

代助の「残酷」な問いによって、ほとんど人生にあるいは他人に随順して生きて来たといっていい三千代のこころに、強い明確な意志が生まれる。

《三千代は矢張り俯（う）つ向いてゐた。代助は思ひ切つた判断を、自分の質問の上に与へやうとして、既に其言葉が口迄出掛つた時、三千代は不意に顔を上げた。其顔には今見た不安も苦痛も殆んど消えてゐた。涙さへ大抵は乾いた。頰の色は固（もと）より蒼かつたが、唇は確（しか）として、動く気色はなかつた。其間から、低く重い言葉が、繋（つな）がらない様に、一字づゝ出た。

「仕様がない。覚悟を極（き）めませう」》〈同上〉・傍点引用者）

この三千代のいふ「覚悟」が、『煤烟』の朋子の言った「覚悟」とどれほど懸け離れていることか。漱石が「日記」に「煤烟は劇烈なり」と書いたのは先に引いた。『煤烟』の「劇烈」は上（うわ）っ面（つら）の劇烈であり、朋子の「覚悟」も上っ面の覚悟である。つまり「軽薄」なのである。それに対して、三千代の「覚悟」は内的に劇烈である。つまり倫理的なのである。漱石の全著作の中でも、「覚悟」といふ言葉を倫理的に——死の影を明確に伴って——使った例は極めて少ないのである。女性では『それから』の三千代一人である。代助は使わない。いや、使えない。

代助は三千代の言葉に慄然とする。

《代助は背中から水を被つた様に顫へた。社会から逐ひ放たるべき二人の魂は、たゞ二人対ひ合つて、互を穴の明く程眺めてゐた。さうして、凡てに逆つて、互を一所に持ち来たした力を互と怖れ戦いた。》〈同上〉

ドストエフスキイであれば、ここで、五分かあるいはそれ以上が経った、と書くかも知れぬ。

《しばらくすると、三千代は急に物に襲はれた様に、手を顔に当てて泣き出した。代助は三千代の泣く様を見るに忍びなかつた。肱を突いて額を五指の裏に隠した。二人は此態度を崩さずに、恋愛の彫刻の如く、凝としてゐた。》〈同上〉・傍点引用者）

ここに漱石のいう「恋愛」は、巖本の「深く魂（ソウル）より愛する」という意味を持つ言葉である。「不潔の連感に富める日本通俗の文字」ではない。『谷間の姫百合』から巖本が引用した、「私の命は其恋で今まで持てて居ります。恋は私の命ちで私に取りても此外には何の楽も願もありませぬ。私に此恋を忘れよと云ふのは骨を抜て生きて居よと云はるるも同様です」という「厳粛」な告白は、『それから』の三千代の独白として読んでもなんら不自然ではない。柳父は、「恋愛」は以後、『女学雑誌』を中心とする人々の間に急速に普及し、流行した、といっているが、漱石は、この「翻訳語」である「恋愛」という言葉を『谷間の姫百合』の中で使われた姿そのままに『それから』で使った。

漱石がここで「彫刻」といふ言葉を使っているから、その連想で想うのだが、『夢十夜』の「第六夜」（明治四十一年七月三十一日、東京朝日新聞掲載）で運慶が仁王を刻んでいる所が想い浮かぶ。漱石は、運慶の彫刻のやり方を次のように書いている。

《なに、あれは眉や鼻を鑿(のみ)で作るんぢやない。あの通りの眉や鼻が木の中に埋つてゐるのを、鑿と槌(つち)の力で掘り出す迄だ。丸で土の中から石を掘り出す様なものだから決して間違ふ筈はない》

漱石にとっても、『それから』を書くことは、ペンをとって、自己のこころに深く「埋つてゐる」若き日の「恋愛」を「掘り出す様なもの」だったのである。

六

代助と三千代は雨の中にいた。

《二人は斯(こ)う凝(じつ)としてゐる中に、五十年を眼(ま)のあたりに縮めた程の精神の緊張を感じた。さうして其緊張と共に、二人が相並んで存在して居ると云ふ自覚を失はなかつた。彼等は愛の刑（けい）と愛の賚（たまもの）とを同時に享（う）けて、同時に双方を切実に味はつた。》〈同上〉

雨は小降りになっていた。三千代は涙を奇麗に拭いて、「もう帰ってよ」と言った。代助は三千代を江戸川の橋の所まで送って行った。雨は夕方に止んだ。

先に書いた様に代助は自らの力で生活していたわけではない。生活にかかる全てのお金は父親の援助によっていた。しかし、人の妻である三千代との事を進めることに決した代助は、草平がいわゆる「煤烟」事件によって社会から葬られたのと同様の立場に追い込まれた。当時の日本の法律には姦通罪があった。

《（三千代との）会見の翌日彼（代助）は永らく手に持つてゐた賽（さい）を思ひ切つて投げた人の決心を以て起きた。彼は自分と三千代の運命に対して、昨日から一種の責任を帯びねば済まぬ身になつたと自覚した。しかも夫（それ）は自ら進んで求めた責任に違ひなかつた。従つて、それを自分の背に負ふて、苦しいとは思へなかつた。その重みに押されるがため、却（かえ）つて自然と足が前に出る様な気がした。彼は自ら切り開いた此運命の断片を頭に乗せて、父と決戦すべき準備を整へた。父の後には兄がゐた、嫂（あによめ）がゐた。是等と戦つた後には平岡がゐた。是等（これら）を切り抜けても大きな社会があつた。個人の自由と情実を毫（ごう）も斟酌（しんしゃく）して呉れない器械の様な社会があつた。代助には此社会が今全然暗黒に見えた。代助は凡て（すべ）と戦ふ覚悟をした。》〈『それから』〈十五〉・傍点引用者〉

代助はまず父親と会う必要があった。その代助の父親は会社存亡の危機の中にいた。
漱石は明治四十二年四月十六日の日記に、「日糖会社破綻。重役拘引、代議士拘引。天下に拘引になる資格のないものは人間になる資格のない様なものぢやないかしらん」と書き、七月十二日の日記には、「日糖社長酒匂常明ピストルヲ以テ自殺ス。社の不都合ヲ自己ノ責任ト解したるなり。新聞紙同情ス」と記している。
この「日糖事件」を漱石は代助の父親にからめて『それから』で取り上げたのである。岩波文庫『それから』の吉田凞生の解説に、
《小説中の事件も、連載時と同じ明治四十二年の春に始まり、夏に終わる。（中略）当時の新聞の読者はつい二、三カ月前のこととして、そこに描かれている世相・風俗習慣・風物などについて、或る現実感を持つてこの小説を毎日読んだのである。》
「日糖事件」も「煤烟」事件も、吉田凞生のいう「つい二、三カ月前」の事件であった。
代助は三千代のため、金の無心に父の家を訪ねたことがあった。電車に乗った代助は、「電車の左側を父と兄が綱曳で急がして通」るのを目撃した。
《其明日の新聞に始めて日糖事件なるものがあらはれた。砂糖を製造する会社の重役が、会社の金を使用して代議士の何名かを買収したと云ふ報知である。門野は例の如く重役や代議士の拘引されるのを痛快

だ々々と評してゐたが、代助にはそれ程痛快にも思へなかつた。が、二三日するうちに取り調べを受けるもの、数が大分多くなつて来て、世間ではこれを大疑獄の様に囃(はや)し立てる様になつた。ある新聞ではこれを英国に対する検挙と称した。其説明には、英国大使が日糖株を買ひ込んで、損をして、苦情を鳴らし出したので、日本政府も英国へ対する申訳に手を下したのだとあつた。（中略）

代助は自分の父と兄の関係してゐる会社に就(つい)ては何事も知らなかつた。けれども、いつ何(ど)んな事が起るまいものでもないとは常から考へてゐた。さうして、父も兄もあらゆる点に於て神聖であるとは信じてゐなかつた。もし八釜敷(やかまし)い吟味をされたなら、両方共拘引に値する資格が出来はしまいかと迄疑つてゐた。それ程でなくつても、父と兄の財産が、彼等の脳力と手腕丈で、誰が見ても尤(もっとも)と認める様に、作り上げられたとは肯(うけが)はなかつた。》（『それから』〈八〉）

『それから』に描かれた明治四十二年は、日露戦争（明治三十七年～明治三十八年）後から第一次世界大戦が始まるまで続く、長い不景気の渦中にあった。代助の父親は将来を案じて、布石を打って置こうとして、「地方の大地主の、一見地味であつて、其実自分等よりはずつと鞏固(きょうこ)の基礎を有して居る」家の娘と代助を結婚させようとしていた。今度の結婚の件は、今まで父や兄や嫂が勧めた見合い話とは違っていた。今までのようにのらりくらりと身を躱(かわ)していれば済む、そういうものではなかった。三千代との事は、そういう父親の思惑の真っ最中に起こった。

代助は断然見合いの話を断る気で父親の家に向かった。代助はいつものように父親の前に出て、驚いた。

《定めて六づかしい眼付きをされると思ひの外、父は存外穏やかなもので、
「降るのに御苦労だつた」と労はつて呉れた。
其時始めて気が付いて見ると、父の頬が何時の間にかぐつと瘠けてゐた。》（『それから』〈十五〉）

父親は、「実業なるもの、困難と危険と繁劇と、それ等から生ずる当事者の心の苦痛及び緊張の恐るべきを説いた。」そうして、代助の見合い相手のような「親類が一軒位あるのは、大変な便利で、且つ此際甚だ必要」であるのを語った。代助は父親が「従来の仮面を脱いで」率直に話したのを「快よく感じた。」加えて、父の顔、父の声、「代助を動かさうとする努力、凡てに老後の憐れを認め」た。代助は「私は何うでも宜う御座いますから、貴方の御都合の好い様に御極めなさいと云ひたかつた。」しかし、三千代との約束を破るわけにはいかなかった。代助は三千代の名前を一切口にせず、父の勧める結婚を断った。父親は代助に、「己の方でも、もう御前の世話はせんから」と云った。

翌日、代助は三千代を訪ねた。

《三千代は前日の如く静に落ち着いてゐた。微笑と光輝とに満ちてゐた。春風はゆたかに彼女の眉を吹いた。代助は三千代が己を挙げて自分に信頼してゐる事を知つた。其証拠を又眼のあたりに見た時、彼は愛憐の情と気の毒の念に堪えなかつた。さうして自己を悪漢の如くに呵責した。思ふ事は全く云ひそびれて仕舞つた。》（『それから』〈十六〉）

代助は三千代に「又都合して宅へ来ませんか」と言った。梅雨は漸く晴れて、もう夏になっていた。「強い日は大きな空を透き通す程焼いて、空一杯の熱を地上に射り付ける天気」であった。三日後、三千代は「此暑を冒して」やって来た。

代助は、父親との会見から現在の自分の経済状態まで語るに躊躇した。しかし話さなければならないことであった。

《「僕の身分は是から先何うなるか分らない。少なくとも当分は一人前ぢやない。半人前にもなれない。だから」と云ひ淀んだ。

「だから、何うなさるんです」

「だから、僕の思ふ通り、貴方に対して責任が尽せないだらうと心配してゐるんです」

「責任つて、何んな責任なの。もつと判然仰しやらなくつちや解らないわ」

代助は平生から物質的状況に重きを置くの結果、たゞ貧苦が愛人の満足に値しないと云ふ事丈を知つてゐた。だから富が三千代に対する責任の一つと考へたのみで、夫より外に明らかな観念は丸で持つてゐなかつた。

「徳義上の責任ぢやない、物質上の責任です」

「そんなものは欲しくないわ」

「欲しくないと云つたつて、是非必要になるんです。是から先僕が貴方と何んな新らしい関係に移つて行くにしても、物質上の供給が半分は解決者ですよ」

「解決者でも何でも、今更左様な事を気にしたつて仕方がないわ」

「口ではさうも云へるが、いざと云ふ場合になると困るのは眼に見えてゐます」

三千代は少し色を変へた。》（〈同上〉）

三千代は言う、――あなたのお父さまのお話は、私たち二人の事がこうなってしまえば分かり切った事ではありませんか。あなただってその位な事は前から気がついていらっしゃる筈だと思いますわ。お父さまやお家の事が気掛かりになりますなら、私の方はどうでも構いませんから、お父さまと仲直りなすって今まで通りお交際なさったら好いじゃありませんか。――そうして、三千代は今一度自らの「覚悟」を語る。


《「そんな事を為る気なら始めから心配をしやしない。たゞ気の毒だから貴方に詫るんです」

「詫まるなんて」と三千代は声を顫はしながら遮つた。「私が源因で左様なつたのに、貴方に詫まらしちや済まないぢやありませんか」

三千代は声を立てゝ泣いた。代助は慰撫める様に、

「ぢや我慢しますか」と聞いた。

「我慢はしません。当り前ですもの」

「是から先まだ変化がありますよ」

「ある事は承知してゐます。何んな変化があつたつて構やしません。私は此間から、――此間から私は、若もの事があれば、死ぬ積で覚悟を極めてゐるんですもの」》（〈同上〉・傍点引用者）

第二章　漱石の友情

その一――子規との友情

一

漱石の作品には、内的生命の発露として、恋愛とともに友情がよく取り上げられている。先に引いた、代助と平岡の友情について、漱石は「互に凡(すべ)てを打ち明けて、互に力に為(な)り合ふ様なことを云ふのが、互に娯楽の尤(もっと)もなるもの」であり、そこには「一種の犠牲」が含まれているのも「確信してゐた」と書いた。それを別の箇所では次のように表現している。「平岡に接近してゐた時分の代助は、人の為に泣く事の好きな男であつた。」(『それから』〈八〉)

今私がここに書こうとしているのは、漱石の人生観なのであるが、それは、作品にも、実人生にも、同じ倫理性をもってあらわれている。漱石は、表現されたものとその作者の生き方にずれがあることを嫌ったからだ。若年の漱石は正岡子規に、

《其(その)人の気節の有無は其人の前後を通観せず候(そうろう)ては全体上其人の行為が其人の主義と並行するや否やは判じ難きかと存候(ぞんじ)》(明治二十四年十一月七日)

と書き送っている。漱石にとって「行為」と「主義」は「並行」していなくてはならなかった、その「気節

の有無」は「全体」を「通観」しなくては解らないと考えた。しかし若い漱石にとって、自分自身の人生さえその「全体」は見えない。これこそが、漱石が永く沈黙した理由の一つなのである。彼のデヴューは三十八歳であった。しかし、ここに漱石が自らを若き日から全的に表現したものがある。友情である。

では、漱石の実人生において友情とはどのようなものであったろうか。自然主義の作家であるかないかに関わらず、作者の実人生の経験は、深刻であればあるほど、真面目であればあるほど、その作品に反映する、いや反映せざるを得ないであろう。特に漱石のような、「行為」と「主義」の「並行」を厳しく自らに求めた倫理的作家においては、作品に表現されたものと実人生の経験とは一を以て貫くであろう。その貫道するものとは、漱石の場合、「気節」つまり、内に向う倫理性である。

二

森田草平の文にもあった様に、『吾輩は猫である』を書く前の漱石は、「正岡子規の友人」として世間に通っていた。

明治三十一年、子規は自らの墓誌を作った。そこに、「正岡常規　又ノ名ハ処之助又ノ名ハ升又ノ名ハ子規又ノ名ハ獺祭書屋主人又ノ名ハ竹ノ里人　伊予松山ニ生レ東京根岸ニ住ス　父隼太松山藩御馬廻加番タリ卒ス　母大原氏ニ養ハル　日本新聞社員タリ（後略）」と書いた。本名は常規である。「子規」とは、この多才な男の一つの顔であった。「子規」の名は明治二十一、二十二年の喀血に由来している。子規は明治十一年に、自らの号の一つが「子規」となるとは知らずに、「子規を聞く」と題して五言絶句を詠んだ。その第二句に「血をはきて啼けり、聞くに堪へず」とあるように、子規が啼く様は人が喀血する様を想起させた。結核による喀血は死を意味した。漱石は子規が「子規」になってから出会い、二人の間に友情が生まれたのである。

二人が付き合いを始めたのは寄席の話からであった。明治二十二年のことである。漱石はいう、「二人で寄席の話をした時、先生も大に寄席通を以て任じて居る。ところが僕も寄席の事を知つてゐたので、話すに足るとでも思つたのであらう。それから大に近よつて来た」（談話「正岡子規」）。寄席は二人の友情の入口であった。

漱石の書き遺した書簡は岩波の漱石全集に収録されているが、その書簡は明治二十二年五月十三日付けの子規正岡常規宛から始まっている。そして現存している漱石の書簡は明治二十六年四月二日付けまで三十二通連続して子規宛なのである。

子規は、自らの随筆集『筆まかせ』に友人知己の文も書き写し保存したのだが、明治二十二年から二十六年までの四年間に漱石が書いた書簡がすべて子規宛というのは、他の者に宛てた書簡が紛失したであろうとしても、尋常なことではない。

明治二十四年十一月七日付けの子規宛書簡に、「小生元来大兄を以て吾が朋友中一見識を有し自己の定見に由つて人生の航路に舵をとるものと信じ居候」と書いているように、子規に独立した一個の大人を見て、自らの思うことを語るに足る人間と感じたのだ。これは漱石にとって初めての、そして生涯を通じてもそう多くない経験であった。

漱石の、子規宛の最初の書簡は、子規の喀血に触れ、自ら友人と、子規を診た医師を訪ね、その不親切を怒り、他の病院の診断を受ける様に勧めている。そして「療養」の必要を説き、「小にしては御母堂の為め大にしては国家の為め自愛せられん事こそ望ましく存候雨フラザルニ牖戸（注、窓と出入り口）を綢繆（注、ふさぐこと）ストハ古人ノ名言に候へば平生の客気を一掃して御分別有之度此段願上候」と結んでいる。先に書いたように明治二十二年五月十三日のことであった。

三

それから二週間ほど経った五月二十六日に、漱石は、本郷にあった、旧松山藩主の久松家が同藩出身の子弟のために建てた常盤会宿舎に子規を訪ねている。そのとき、漱石は子規の文集『七草集』を返却した。子規は『七草集』脱稿後批評を友人に請うていた。漱石も「七草集評」を漢文で書いた。『七草集』は子規が前年の明治二十一年の夏、向島（現在の墨田区向島）の長命寺の月香楼に寓して筆を執ったものである。「七草」は秋の七草に因んでいる。つまり『七草集』は七巻で構成され、「蘭」の巻、「萩」の巻、「女郎花」の巻、「尾花」の巻、「蕣」の巻、「葛」の巻、「瞿麥」の巻と名付けられ、それぞれ漢文、漢詩、和歌、俳句、謡曲、論文、小説を内容としている。

漱石は「七草集評」で子規に答える、「大著七篇、皆な趣を異にして巧を同じくし、猶お七草の姿態を同じくせずして、而かも其の澗に沿い籬に倚り、細雨微風、楚楚（注、清らかで可憐なさま）として愛す可きに至りては、則ち一なるがごとき也」――若き漱石が「大著」といったものは講談社版『子規全集』で六十頁程のものに過ぎないが、言語表現をまだ始めていないものには『七草集』は驚きであったろう。しかし漱石の鑑識眼は、『七草集』の多彩さに酔ってはいなかった。四ケ月後、漱石は親しくもなった子規に諧謔まじりに次のように書いている、「去年七草集拝見せし折は何でもほめてやつたら嬉しがるだらうと親切心からでこでこの漢文尤もらしく製造してゑらいかな先生書いたりや隊長と無上に持ち上げた」（「『銀世界』評」）。後年の談話「正岡子規」でも子規の漢詩は賞めたが「漢文たるや甚だまづいもので、新聞の論説の仮名を抜いた様なもの」と厳しく評価した。

　ともあれ、稚拙なところもあるがやはり早熟な子規の多才さに技癢を感じた漱石は一つの創作を試みた。――『七草集』を読んで一カ月余り経った八月七日から漱石は友人四人と房総を旅した。帰宅したのは八月三十日であった。その旅行記を漱石は漢文で書き、九月九日に脱稿した。即ち『木屑録』である。その冒頭に「余・児たりし時、唐宋の数千言を誦し、喜んで文章を作為る、或は意を極めて彫琢し、旬を経て始めて成り、或は咄嗟・口を衝いて発し、自ら澹然樸気（注、淡泊で素朴なさま）あるを覚ゆ、竊に謂へらく、古の作者、豈臻り難からんや」とある。後年（明治四十一年）の談話「処女作追懐談」にも「十五六歳の頃は、漢書や小説などを読んで文学といふものを面白く感じ、自分もやつて見ようといふ気がした」と述べていることと照応する。そういう作家志望と反するように漱石の周りには風流韻事には疎いものばかりであった。これは、漱石が兄から文学を職業にしてはならぬと叱られて志望を建築に変更したことと関係するであろう。『木屑録』の中に、「同遊の士は、余を合せて五人なるも、風流韻事を解する者なく、或は酒を被りて大呼し、或は健啖して食に侍せる者を驚かす、浴後には輒ち棋を囲み、牌を闘はして、以て閑を消するのみ、余独り冥思遐捜（注、深くはるかに思索をめぐらす）し、時に或は呻吟（注、うめく）して、甚だ苦むの状を為す、人皆非笑（注、馬鹿にする）して以て奇癖と為すも、余は顧みざるなり」とある。

『木屑録』を読んだ子規はこの、「人皆非笑して以て奇癖と為すも、余は顧みざるなり」の所に朱批を入れて「何ぞ余に類せるの甚しき」と書いた。子規は志望の大きさと孤独を二人の中に確認した。――「余・吾兄を知ること久し、而して吾兄と交れるは、則ち今年一月に始まれり、余の初め東都に来るや、友を求むること数年にして、未だ一人を得ず、吾兄を知るに及んで、乃ち竊に期する所あり」（『木屑録』評）

そしてここに子規は真に驚嘆して承知したことがあった。

《余は吾兄の英文に長ぜることを知るや久しかりしも、而も吾兄の漢文を見るは、此の木屑録に始まる》（『同上』）

大学の予備門（後の第一高等学校）で漱石とも子規とも同窓であった松波仁一郎（後に東京帝国大学法科大学教授）は京都の同志社英学校を卒業していたから、英語で負けることはなかろうと思っていたが、自分より「一層出来る者が二人居」た、と語った。一人が漱石であり今一人が子規であった。しかし子規も英語は漱石には適はなかった。子規は思った、「余の経験によるに英学に長ずる者は漢学に短なり」（『筆まかせ』第一編「木屑録」）。そこに『木屑録』が現われた。子規はいう、

《余の吾兄と校に入るや、ともに鴃舌（注、異民族のことば）を学び、蟹文（注、西洋の文）を草す、而して吾兄は嶄然（注、ひときわ目だってすぐれていること）として頭角を現はし、蛮語を話すこと猶ほ邦語のごとし、

然れども余・以為へらく、西に長ぜる者は、概ね東に短なれば、吾兄も亦当に和漢の学を知らざる可し、と而るに今此詩文を見るに及んで、則ち吾兄の天稟の才なるを知れり、其の詩文を能くするは、則ち其才の用のみ、必ずしも文字の自他と学問の東西とを問はざるなり、吾兄の如きは、千万年にして一人のみ》（『木屑録』の冊尾に書かれた子規の総評より）

子規の炯眼は、「必ずしも文字の自他と学問の東西とを問はざるなり」という、漱石の学才が生んだ独自の表現に着目する。

《岸を距るゝこと数町（注、町は一〇九メートル）にして、一大危礁の舟に当へるものあり、濤勢の蜿蜒長うして来れるもの、礁（注、水面下にかくれて見えない岩）に遭うて激怒し、之を攫み去らんと欲して能はず、乃ち躍つて之を超ゆ、白沫噴起し、碧濤と相映じ、陸離として彩を為せり、礁上に鳥あり、赤の冠・蒼の脛、其名を知らず、濤来れば一搏して起ち、低飛回翔し、濤の退くを待つて礁上に復す》（『木屑録』）

子規はここに次のように朱批した。

《波濤を叙すること詳細にして、紙上に波瀾を見る、東洋の文字に、未だ曾て此英語に所謂Personification（注、擬人法）に類する者を見ず、吾兄之を蟹行の書に得たるか》

先に引いた『筆まかせ』にはやや詳しく次のようにある。

《濤勢云々の数句は英語に所謂 Personification なるものにて　波を人の如くいひなし　怒といひ攫といひ躍いふ　是の如きつゞけて是等の語を用ゐしは恐らくは漢文に未だなかるべく　漱石も恐らくは気がつかざりしならん、されど漱石固より英語に長ずるを以て知らず知らずこゝに至りしのみ実に一見して波濤激礁の状を思はしむ。又後節鳥を叙するの処　精にして雅、航海中数々目撃するのこと　而して前人未だ道破せず而して其の文、支那の古文を読むが如し。》

子規の朱批は続く、

《鳥を叙すること、亦極めて嫺・極めて雅なり、水経中にも恐くは此文字なからん》

「水経」とは、長澤規矩也によれば、全国の河川湖沼について記した古書で、北魏の酈道元（?～五二七）の注はその流域の地勢景勝について記した名著で、叙景の名文としてまた古書の引用で有名であるという。子規は書く方に意を多く用いたから、「前人未だ道破せず」と書き、その表現に注目した。しかし漱石の考えていたことは違っていた。

『筆まかせ』で子規のいった「余の経験によるに英学に長ずる者は漢学に短なり」は、――漱石が後年（大正三年）の講演「私の個人主義」で若年の自己の周囲を回想して語った「其頃は西洋人のいふ事だと云へば何でも蚊でも盲従して威張つたものです」という時代――そういう文明開化の時代であったから、多くの青年は「東」を捨て「西」に走った。「西に長ぜる者は、概ね東に短」であるという若者を多く輩出した。子規のいう「余の経験」はそれをいう。

（子規の『七草集』に英語の巻がないのは象徴的である。漱石の気質が子規のようにおおらかであって、『七草集』を書いたならば英文と英詩の巻を入れたであろう。子規は友人の批評を求めるために本文の後に白紙五十余枚を綴じ込んだが、その批評の項の所に漢字を横書きして「七草集／批評」と二段書きした。その下に、「Criticisms / on / "Nanakusa-shū"」と三段横書きに筆で書いているのが唯一の英語である。）

子規の「東」の文学の若書きをみて、漱石は「西」の研究でもっと深いところまで行きたいと思ったであろう、行けると思っていたであろう。子規は知っていたか、漱石は子規に話していたか、子規を驚嘆させた漢学を漱石がすべて捨て去っていたことを。――「元来僕は漢学が好で随分興味を有つて漢籍は沢山読んだものである。今は英文学などをやつて居るが、其頃は英語と来たら大嫌ひで手に取るのも厭な様な気がした。（中略）考へて見ると漢籍許り読んでこの文明開化の世の中に漢学者になつた処が仕方なし、別に之といふ目的があつた訳でもなかつたけれど、此儘で過ごすのは充らないと思ふ処から、兎に角大学へ入つて何か勉強しようと決心した。（中略）其処で僕も大いに発心して大学予備門へ入る為に成立学舎へ入学して、殆んど一年許り一生懸命に英語を勉強した。（中略）其時は好な漢籍さへ一冊残らず売つて了ひ夢中になつて勉強したから、終にはだんだん分る様になつて、（後略）」（談話「落第」明治三十九年）とあるように、漱石は「文明開化の世の中」を生きるために、英語を勉強しようとして、「漢籍」を「一冊残らず売つて了」ったのである。「漢籍」を捨て去った後に、漱石の前に現われたのが子規であり『七草集』であったのだ。ここでもし、漱石が「漢籍」とともにその精神さえ「売つて了」っていたならば、二人の本当の出会いはなかったであろう。漱石は『木屑録』で自らが、子規のいう「東」の精神を捨てていないことを自他に示したことになる。「東」の精神で「西」の学問研究を行う、これを漱石は「洋文学の隊長とならん」（子規宛書簡〔明治二十四年八月三日付〕）といったのだ。

四

明治二十二年十二月三十一日の子規宛の手紙の中には、この休み中にカーライルの論文一冊を読み二三日前からアルノルド（マシュー・アーノルド）の「リテレチュア、エンド、ドクマ」という本を読みかけたと書いている。そして手紙は思想の「オリヂナル」ということに言い及ぶ。――「今世の小説家を以て自称する輩は少しも『オリヂナル』の思想なく只文字の末をのみ研鑽批評して自ら大家なりと自負する者にて」とあって、次のように続く、

《小生の考にては文壇に立て赤幟（せきし）（注、赤色の旗）を万世に翻（ひるがえ）さんと欲せば首として思想を涵養せざるべからず思想中に熟し腹に満ちたる上は直に筆を揮つて其思ふ所を叙し沛然（はいぜん）（注、勢いよく雨が降るさま）驟雨（しゅうう）（注、にわか雨）の如く勃然（ぼつぜん）（注、急に起こり立つさま）大河の海に瀉（そそ）ぐの勢なかるべからず文字の美章句の法抔（など）は次の其次に考ふべき事にてIdea itselfの価値を増減スル程の事は無之様（これなきよう）に被存候（ぞんじられ）御前も多分此点に御気がつかれ居るなるべけれど去りとて御前の如く朝から晩まで書き続けにては此Ideaを養ふ余地なからんかと

掛念仕るなり勿論書くのが楽なら無理によせと申訳にはあらねど毎日毎晩書て書て書き続けたりとて小供の手習と同じことにて此 original idea が草紙の内から霊現する訳にもあるまじ此 Idea を得るの楽は手習にまさること万々なること小生の保証仕る処なり》

この「original」は、「ある西洋人が甲といふ同じ西洋人の作物を評したのを読んだとすると、其評の当否は丸(まる)で考へずに、自分の腑(ふ)に落ちやうが落ちまいが、無暗に其評を触れ散らかすのです」(「私の個人主義」)という若年の漱石の周りの、漱石自身もその風潮に巻き込まれんとした、自己を無くした無批評の西欧化の只中にあって、漱石の自己防衛の内的旗印なのであった。この「original idea」は後年の「自己本位」という考え方の萌芽といえる。しかし、この明治二十二年の時点では、まだ漱石の中に「東」と「西」は共存しているように見える。それは漱石の中で西洋の本当の姿が見え隠れしていて、大きくその姿を現わしていなかったということだ。

「明治廿三年(にじゅうさん)五月十日」と文末に記された短い文が二つ、漱石にある。ともに「西詩意訳」と題の下に書かれているものである。一つは「母の慈」であり、もう一つは「二人の武士」と題されている。

《母の慈　　西詩意訳

わかき男の旅衣さむげにきてあやしき杖を力にわが故郷にかへりきぬるさまこそげにわびしきもの丶かぎりなりかし長き髪のちりにまみれ両の頬のくろみたるなどいとあはれに見ゆるに誰かそのかみのおもかげを知るべき

大きやかなる古き門のわが村の入口にたてるを通るほどにむかし同じ処に酒くみかはしなどしけるしたしき友の門の柱によりかゝりてゐるめりされどわがおもかげを見忘れやしけむものもいはずさばかりやつれしわがすがたぞかなしき
やがてちりほこりうち払ひほそき路をたどり行くにかなたの窓よりむかしけさうせるわかき女のいとおもしろげに外の方を見やるもをかしされどわがおもてを見忘れやしけむもののもいはずさばかりやつれしわがすがたこそかなしけれ
人の心つれなくて世の中はしたなきことのみまされればたゞなみだもろくなりまさりてなほわが家をさしていそぐに墓参のかへりにやありけむうたてげなる母の寺の石段をくだりくるに出合ひぬあななつかしとて口ごもれば母も吾児とばかりにてなきゐるさまいと哀れなり
さてもこのつれなき世に母のいつくしみのみぞ誠なりかしないかに姿はやつれたりともいかにおもかげはかはるともわが子を見忘るゝ母やはある》

《二人の武士　西詩意訳
二人のもの丶ふの「ろしや」にとらはれたるがゆるされて故郷なる「ふらんす」にかへらむとて「どいつ」につきけるとき国はほろび軍はやぶれ御門（みかど）はとらはれ給ひぬときゝていとかなしげに涙をながしけるがやがて手創（てきず）おひたる一人があなかなしわがふるきづのもゆる如くにいたむことよといへば一人が今は生きがひなき身なればわれもともに死なんと思へどふる里の妻子のわれなくば餓もやせん渇へもやせんといふめればいわば手負は声をはげましさて餓なばうえよわれは妻も子も何にかせん御門はとらはれ給ひぬるにわが御門はとて

さめざめとなくやがて涙をはらひ今生の願はたゞ一つなん侍るわれ今こゝに身まかりなばわがむくろを「ふらんす」にをくり紅ひのひもつきたる十字の徽章をわが胸にかけ筒を手に太刀を腰にゆひつけて故郷の土にうづめたまへわれは墓の中にしづかに待たん筒の音の今一度わが耳をつらぬくまで馬の蹄の今一度わがねぶりをおどろかすまでつるぎと太刀のうち合ふ声の今一度聞ゆるまで其時こそ御門はわが墓の上をよぎりてかへりたまはめ其時こそわれは墓の中よりおどり出で、御心をたすけ奉らむとらはれ給ひぬる今の御門をとて息たえぬ

西も東も同じ様なるもの丶ふのさまかないさましきことにこそ》（傍点引用者）

この「西も東も同じ様なるもの丶ふのさまかないさましきことにこそ」は意訳者漱石の感慨であろう。酒を酌み交わした古き友も、むかし懸想した女も、気付きはしなかった、やつれた我姿を、母は見忘れはしない。母の子を懐う慈愛に洋の東西があろうか。帝を慕う「もの丶ふ」の忠義に東や西があろうか。和文の形をとることによって、西欧の人間の情意がわが事のように理解されている。いや、漱石はわが事のように理解できると信じていたのだ。

それから一年余り。自負すら持っていた英文学研究が黒い影に覆われて来た。

《日本人が自国の文学の価値を知らぬと申すも日本好きの君に面目なきのみならず日本が夫程好き者のあるを打ち棄て丶わざわざ洋書にうつ丶をぬかし候事馬鹿々々敷限りに候のみならず我等が洋文学の隊長とならん事思ひも寄らぬ事と先頃中より己れと己れの貫目が分り候得ば以後は可成大兄の御勧めにまかせ邦文学研

究可仕候》（子規宛　明治二十四年八月三日）

「洋書にうつゝをぬかし候」だの「洋文学の隊長とならん事思ひも寄らぬ事と先頃中より己れと己れの貫目が分り候」だの、一体何が漱石に起こったのか。この書簡のトーンの暗さはどこから来るのか。そこには猛烈なる英文学の勉強があった。

英国留学の所産である『文学論』の「序」に、「春秋に富めるうちは自己が専門の学業に於て何者をか貢献せんとする前、先づ全般に通ずるの必要ありとし、古今上下数千年の書籍を読破せんと企つる事あり」。その「古今上下数千年の書籍」を多読した後、漱石はいう、「春秋は十を連ねて吾前にあり。学ぶに余暇なしとは云はず。学んで徹せざるを恨みとするのみ。卒業せる余の脳裏には何となく英文学に欺かれたるが如き不安の念あり。」漱石の帝国大学文科大学英文科卒業は明治二十六年なのだが、明治二十四年には「英文学に欺かれたるが如き不安の念」は漱石の中に自覚的にあったことを、子規宛の書簡は示している。

そもそも漱石は、

《余は少時好んで漢籍を学びたり。之を学ぶ事短かきにも関らず、文学は斯(か)くの如き者なりとの定義を漠然と冥々裏(めいめいり)に左国史漢より得たり。ひそかに思ふに英文学も亦(また)かくの如きものなるべし、斯(かく)の如きものならば生涯を挙げて之を学ぶも、あながち悔ゆることなかるべしと。》（『文学論』「序」）

と思って英文学研究を「生涯を挙げて」やる気だったのである。漢籍を数年本格的に漢学塾に学んだ漱石は

「古の作者、豈臻り難からんや」と思う程に熟達を自らに感じていた。この漢学での熟達をもって英文学に漱石は向ったのである。ところが、この英文学研究の過程で生じた「解き難き疑団」（『同上』）は生涯漱石に黒い影を落とす。例えば明治二十八年五月二十八日の子規宛書簡に添へられた漢詩に「人間五十　今ま半を過ぐ／愧ずらくは読書の為めに一生を誤るを」とある。「読書」とは英文学研究のための読書であったろう。

では、この、「不安の念」、「解き難き疑団」とは何か。それは第七章において述べる。

五

この頃、「何となく英文学に欺かれたる如き不安の念」が萌すのと前後して、漱石に「うつ、をぬか」させるものがあった。女性である。松山の子規に、

《松山の辺土のみならず花のお江戸も同様にて日中はさながら甑中の章魚同然中々念仏廻向抔の騒ぎにあらず唯々命に別条なきを頼りにて日々消光仕る仕儀なれば愛国心ある小生も此暑さをぢつとこらへて蒼生の為じや百姓の為じやとすましこんでゐられたものにあらず（尤血液の少なき冷血動物に近き貴殿抔は此限りにあらず）其上何の因果か女の祟りか此頃は持病の眼がよろしくない方で読書もできずといつて執筆は猶わるし実は無聊閑散の極、（中略）午眠の利益今知るとは愚か愚か小生抔は朝一度昼過一度、廿四時間中都合三度の睡眠之なり昼寐して夢に美人に邂逅したる時の興味抔は言語につくされたものにあらず（後略）》（明治二十三年七月二十日）

と書き送っている。さらに二十日後の八月九日に再度松山の子規に、

《爾後眼病兎角よろしからず其がため書籍も筆硯も悉皆放抛の有様にて（中略）小生の病は所謂ずるずるベッたりにて善くもならねば悪くもならぬといふ有様故風光と隔生を免かれたりと喜ぶ事もなきかはりには韓家の後苑に花を看て分明ならずといふ嘆も無之眼鏡ごしに簾外の秋海棠の哀れに咲きたるをかしと眺むる位の事は少しも差支無之候去れば時々は庭中に出て色々ないたづらを致し候茶の樹の根本に丹波ほうづきとかいふ実の赤く色づきて寐ころげたるを何心なく手折りて不図心つけば別に贈るべき人もなし小さき妹にてもあれかしと願ふも甲斐なし撫し子の凋みたる間より桔梗の一株二株ひよろ長く延びいでたるが雨にうたれて苔を枕に打ち臥したるに紫の花びらを伝ひて小蟻の行きかふさま眼病ながらよく見えたり女郎花の時ならぬ粟をちらすを実の餌と思ひて雀の群がりて拾ふを見るに付偖々鳥獣は馬鹿な者だと思へどさういふ人間も矢張此雀と五十歩百歩なれば悪口はいへず朝貌も取りつく枝なければ所々這ひ廻つた末漸々松の根形にある四角張たる金灯籠に纏ひ付かなし気にたつた一輪咲きたるは錆びつきて見る影もなき灯籠の面目なり病み上りの美人が壮士の腕に倚りけるが如しとでも評すべきか呵々先ヅ庭中の景は此位にておやめと致すべし》

明治二十二年十二月三十一日の子規宛書簡に「御前兼て御趣向の小説は已に筆を下し給ひしや今度は如何なる文体を用ひ給ふ御意見なりや」と尋ねている。後年小説家となった漱石が「僕が二十三四にかきかけた小説が十五六枚残つて居た。よんで見ると馬鹿気てまづいものだ。あまり耻かしいから先達て妻に命じて反古にして仕舞つた」（明治三十九年二月十五日草平宛）と回想したのは、文学者として立たんとする草平を励

ましているのだが、明治二十三、四年頃子規の感化か、漱石も小説に筆を染めたことを物語っている。
この八月九日の庭前の描写は小説の筆使いを感じさせる。しかし、漱石が小説を書こうとしたのは自然に眼が奪われたためではない。恐らく「病み上りの美人」と「壮士の腕」そして「倚りける」が深く関わっている。異性が漱石の筆を動かし始めていた。英文学の研究なり、その余滴ならば論考の形をとったであろうが、異性への煩悶は小説の形をとらざるを得ないであろう。漱石はこの手紙の後半で、書きかけた小説のモチーフを語る。

《此頃は何となく浮世がいやになりどう考へても考へ直してもいやでいやで立ち切れず去りとて自殺する程の勇気もなきは矢張り人間らしき所が幾分かあるせいならんか「ファウスト」が自ら毒薬を調合しながら口の辺まで持ち行きて遂に飲み得なんだといふ「ゲーテ」の作を思ひ出して自ら苦笑ひ被致候小生は今迄別に気兼苦労して生長したといふ訳でもなく非常な災難に出合ふて南船北馬の間に日を送りしこともなく唯七八年前より自炊の竈(かまど)に顔を焦し寄宿舎の米に胃病を起しあるいは下宿屋の二階にて飲食の決闘を試みたりそれはそれはのん気に月日を送り此頃は其にも倦(あ)きておのれの家に寐て暮す果報な身分でありながら定業五十年の旅路をまだ半分も通りこさず既に息竭(つ)き候段貴君の手前はづかしく吾ながら情なき奴と思へどこれも misanthropic（注、厭世的）病なれば是非なしいくら平等無差別と考へても無差別でないからおかしい life is a point between two infinities（「人生は無限と無限の間の点である」〔岩波版『漱石全集』注解・以下同じ〕）とあきらめてもあきらめられないから仕方ない

We are such stuff

As dreams are made of ; and our little life
Is rounded by a sleep.

（人生の内容は夢さながら、われわれの短い一生は眠りでけりがつくのです。〔シェイクスピア『テンペスト』〕）

といふ位な事は疾から存じて居ります生前も眠なり死後も眠りなり生中の動作は夢なりと心得ては居れど左様に感じられない処が情なし知らず生れ死ぬる人何方より来りて何かたへか去る又しらず仮の宿誰が為めに心を悩まし何によりてか目を悦ばしむると長明の悟りの言は記憶すれど悟りの実は迹方なし是も心といふ正体の知れぬ奴が五尺の身に蟄居する故と思へば悪らしく皮肉の間に潜むや骨髄の中に隠るゝやと色々詮索すれども今に手掛りしれず只煩悩の焔熾にして甘露の法雨待てども来らず慾海の波険にして何日彼岸に達すべしとも思はれず已みなん已みなん目は盲になれよ耳は聾になれよ肉体は灰になれかしわれは無味無臭変ちきりんな物に化して

I can fly, or I can run,
Quickly to the green earth's end,
Where the bowed welkin slow doth bend;
And from thence can soar as soon
To the corners of the moon.

（私は空中をとぶか、ひた走つて／天空が弓なりに低くたれている／緑の地平線へいそいで行き／そこからとび立つて速やかに／月世界の果てまで行くとしよう。〔ミルトン『コウマス』〕）

と申す様な気楽な身分になり度候、あゝ正岡君、生て居ればこそ根もなき毀誉（注、悪口と称賛）に心を労し無実の褒貶（注、ほめることとけなすこと）に気を揉んで鼠糞梁上より落つるも胆を消すと禅坊に笑はれるでござらぬか御文様の文句ではなけれど二ツの目永く閉ぢ一つの息永く絶ゆるときは君臣もなく父子もなく道徳も権利も義務もやかましい者は滅茶滅茶にて真の空々真の寂々に相成べく夫を楽しみにながらへ居候棺を蓋へば万事休すわが白骨の鍬の先に引きかゝる時分には誰か夏目漱石の生時を知らんや穴賢

（略）小生箇様な愚痴ツぽい手紙君にあげたる事なしかゝる世迷言申すは是が皮きりなり苦い顔せずと読み給へ》（傍点引用者）

子規は漱石の右二便についてまとめて返書を送った（八月十五日付）。先ず七月九日付けの手紙について冒頭から、「何だと女の祟りで眼がわるくなつたと、笑ハしやァがらァ、此頃の熱さでハのぼせがつよくてお気の毒だねへといハざるべからざる厳汗の時節、自称色男ハさぞさぞ御困却と存候」と笑い飛ばした。つづいて八月九日付けの二通目の手紙について、漱石の文章の変化に気づきながら、諧謔の調子は変えずに、

《二度目の御手紙ハ打つて変つておやさしいこと、あゝ眼病ハこんなにも人を変化するや物のあハれもこれよりぞ知り給ふべきといとゆかし》

と述べ、さらに筆を進めた。

《「此頃ハ何となく浮世がいやでいやで立ち切れず」ときたから又横に寐るのかと思へバ今度ハ棺の中にく

たばるとの事、あなおそろしあなをかし。最少し大きな考へをして天下不大瓢不細といふ量見にならでハかなハぬこと也　けし粒程の世界に邪魔がられ、うぢ虫めいた人間に追放せらるゝとハ、ても扨も情なきことならずや》（傍点原文）

「あゝ正岡君」には等身大の子規の全身を漱石が感じているのがわかる。時を隔てた私たちには知ることができぬ、子規の匂いとぬくもりを、臭ささえも、漱石が感じているのがわかる。赤裸々に友を呼ぶ男の切実な声がある。子規はもっと率直に答えるべきであった。少なくとも漱石はそう望んでいた。漱石が手紙の末尾に書いたように、「箇様な愚痴ツぽい手紙君にあげたる事」がなかったことを漱石はそのまま子規に受け取って欲しかったろう。子規は漢詩を引き、英詩を持って来、エマーソンを写して論じているのだが、漱石は論争を求めたのではなかった。

漱石は返書（八月末頃）でいふ、

《理屈詰め雪隠詰めの悟り論なら此方も大分言ひ草あり反対したき点も沢山あれど此頃の天気合ひ兎角よろしからず攫み合ひ取組合ひ果ては決闘でもしなければならぬ様になるとどつちが怪我をしても海内幾多の美人を愁殺せしむるといふ大事件だから一先づこゝは中直りをして置きましよう》

漱石の立腹を知った子規は驚く。

《御手紙拝見寐耳に水の御譴責状ハ実ニ小生の肝をひやし候（ひやし也ひやかしにあらず）君を褒姒（注、周の幽王の愛妃。平素笑わなかったが、王が何事もないのにのろしをあげて諸侯を集めてみせると、初めて笑った）視するにハあらざれど一笑を博せんと思ひて千辛万苦して書いた滑稽が君の万怒を買ふたとハ実に恐れ入つた事にて小生自ら我筆の拙なるに驚かざるを得ず何ハともあれ失礼之段万々奉恐入候》（八月二十九日付）

しかし、兄貴肌の子規であるから、漱石の手紙の言い様が癪に障って仕方がなかったのだろう、こう続けている、

《理屈づめなら此方も大分言ひ草があると、こりやァ面白いサァ承ハらういへるならいつて見ろサァ早くいへ（喧嘩摑み合にあらず心得違ひし給ふな）》

この返事を読んで漱石は苦笑を禁じ得なかったであろう。

六

さて、漱石が書きかけた小説のモチーフに戻りたいのだが、その前に触れておかなくてはならぬことがある。八月九日付けの子規宛の手紙に、「小生は今迄別に気兼苦労して生長したといふ訳でもなく非常な災難に出合ふて南船北馬の間に日を送りしこともなく」とあるが、実はこれは事実に相違している。漱石の幼少

期は「気兼苦労」どころか、傷ましいものであった。漱石晩年の随筆『硝子戸の中』第二十九章に次のようにある。

《私は両親の晩年になつて出来た所謂末ツ子である。私を生んだ時、母はこんな年歯をして懐妊するのは面目ないと云つたとかいふ話が、今でも折々は繰り返されてゐる。

単に其為ばかりでもあるまいが、私の両親は私が生れ落ちると間もなく、私を里に遣つてしまつた。其里といふのは、無論私の記憶に残つてゐる筈がないけれども、成人の後聞いて見ると、何でも古道具の売買を渡世にしてゐた貧しい夫婦ものであつたらしい。

私は其道具屋の我楽多と一所に、小さい笊の中に入れられて、毎晩四谷の大通りの夜店に曝されてゐたのである。それを或晩私の姉が何かの序に其所を通り掛つた時見付けて、可哀想とでも思つたのだらう、懐へ入れて宅へ連れて来たが、私は其夜どうしても寐付かずに、とうとう一晩中泣き続けに泣いたとかいふので、姉は大いに父から叱られたさうである。》

漱石は、父親五十一歳、母親四十一歳の時の子である。この後まもなく、幼い漱石は実の両親を両親として知ることもなく、養子に出された。漱石の記憶では「四つの歳」（『硝子戸の中』）であったが、実際は数え二歳のときのことであった。この養子縁組は、さらなる傷ましさが柔らかい幼子のこころに深い傷痕を遺す。

漱石の自伝的小説といわれている『道草』の中では養夫婦は島田夫婦となっている。漱石は健三である。

《然し夫婦の心の奥には健三に対する一種の不安が常に潜んでゐた。

彼等が長火鉢の前で差向ひに坐り合ふ夜寒の宵などには、健三によく斯(こ)んな質問を掛けた。

「御前の御父ッさんは誰だい」

健三は島田の方を向いて彼を指した。

「ぢや御前の御母さんは」

健三はまた御常(おつね)の顔を見て彼女を指さした。

是で自分達の要求を一応満足させると、今度は同じやうな事を外の形で訊(き)いた。

「ぢや御前の本当の御父さんと御母さんは」

健三は厭々(いやいや)ながら同じ答を繰り返すより外に仕方がなかつた。然しそれが何故だか彼等を喜こばした。彼等は顔を見合せて笑つた。

或時はこんな光景が殆んど毎日のやうに三人の間に起つた。或時は単に是丈の問答では済まなかつた。ことに御常は執濃(しつこ)かつた。

「御前は何処で生れたの」

斯う聞かれるたびに健三は、彼の記憶のうちに見える赤い門――高藪(たかやぶ)で蔽(おお)はれた小さな赤い門の家を挙げて答へなければならなかつた。御常は何時此質問を掛けても、健三が差支(さしつかえ)なく同じ返事の出来るやうに、彼を仕込(しこ)んだのである。彼の返事は無論器械的であつた。けれども彼女はそんな事には一向頓着しなかつた。

「健坊、御前本当は誰の子なの、隠さずにさう御云ひ」

彼は苦しめられるやうな心持がした。時には苦しいより腹が立つた。向ふの聞きたがる返事を与へずに、わざと黙つてゐたくなつた。

「御前誰が一番好きだい。御父ツさん？　御母さん？」

健三は彼女の意を迎へるために、向ふの望むやうな返事をするのが厭で堪らなかつた。彼は無言のま、棒のやうに立ツてゐた。それを只年歯の行かないためとのみ解釈した御常の観察は、寧ろ簡単に過ぎた。彼は心のうちで彼女の斯うした態度を忌み悪んだのである。》（『道草』〈四十一〉）

そのうち島田と御常の間にいさかいが生ずるようになった。


《ある晩健三が不図眼を覚まして見ると、夫婦は彼の傍ではげしく罵り合つてゐた。出来事は彼に取つて突然であつた。彼は泣き出した。

其翌晩も彼は同じ争ひの声で熟睡を破られた。彼はまた泣いた。

斯うした騒がしい夜が幾つとなく重なつて行くに連れて、二人の罵る声は次第に高まつて来た。仕舞には双方共手を出し始めた。打つ音、踏む音、叫ぶ音が、小さな彼の心を恐ろしがらせた。最初彼が泣き出すと已んだ二人の喧嘩が、今では寐やうが覚めやうが、彼に用捨なく進行するやうになつた。

幼稚な健三の頭では何の為に、ついぞ見馴れない此光景が、毎夜深更に起るのか、丸で解釈出来なかつた。彼はたゞそれを嫌つた。道徳も理非も持たない彼に、自然はたゞそれを嫌ふやうに教へたのである。

やがて御常は健三に事実を話して聞かせた。其話によると、彼女は廿の口で一番の善人であつた。これに反して島田は大変な悪ものであつた。然し最も悪いのは御藤さんであつた。「あいつが」とか「あの女が」

とかいふ言葉を使ふとき、御常は口惜しくつて堪まらないといふ顔付をした。眼から涙を流した。然しさうした劇烈な表情は却つて健三の心持を悪くする丈で、外に何の効果もなかつた。

「彼奴は讐だよ。御母さんにも御前にも讐だよ。骨を粉にしても仇討をしなくつちや」

御常は歯をぎりぎり嚙んだ。健三は早く彼女の傍を離れたくなつた。》（『同上』〈四十三〉）

この『道草』は漱石の死ぬ前年の大正四年、四十八歳の時に書かれた。漱石は四十数年、この凄惨な光景の前で泣いている、幼い自己を見続けた。それは、子規に「今迄別に気兼苦労して生長したといふ訳でもなく」と書けるほどの若き漱石の生長と並行して行なわれていた内的格闘だった。

明治九年漱石が数え十歳の時（漱石の記憶では八、九歳）、「島田夫婦」（塩原夫婦）の離婚にともない塩原家に在籍のまま、漱石は実の両親の許に戻った。

《浅草から牛込へ遷された私は、生れた家へ帰つたとは気が付かずに、自分の両親をもと通り祖父母とのみ思つてゐた。さうして相変らず彼等を御爺さん、御婆さんと呼んで毫も怪しまなかつた。向でも急に今迄の習慣を改めるのが変だと考へたものか、私にさう呼ばれながら澄ました顔をしてゐた。

私は普通の末ツ子のやうに決して両親から可愛がられなかつた。是は私の性質が素直でなかつた為だの、久しく両親に遠ざかつてゐた為だの、色々の原因から来てゐた。とくに父からは寧ろ苛酷に取扱かはれたといふ記憶がまだ私の頭に残つてゐる。それだのに浅草から牛込へ移された当時の私は、何故か非常に嬉しかつた。さうして其嬉しさが誰の目にも付く位に著るしく外へ現はれた。

馬鹿な私は、本当の両親を爺婆とのみ思ひ込んで、何の位の月日を空に暮らしたものだらう、それを訊かれると丸で分らないが、何でも或夜斯んな事があつた。

私がひとり座敷に寐てゐると、枕元の所で小さな声を出して、しきりに私の名を呼ぶものがある。私は驚ろいて眼を覚ましたが、周囲が真暗なので、誰が其所に蹲踞つてゐるのか、一寸判断が付かなかつた。けれども私は小供だから唯凝として先方の云ふ事丈を聞いてゐた。すると聞いてゐるうちに、それが私の家の下女の声である事に気が付いた。下女は暗い中で私に耳語をするやうに斯ういふのである。――

「貴君が御爺さん御婆さんだと思つてゐらつしやる方は、本当はあなたの御父さんと御母さんなのですよ。先刻ね、大方その所為であんなに此方の宅が好なんだらう、妙なものだね、と云つて二人で話してゐらしつたのを私が聞いたから、そつと貴君に教へて上げるんですよ。誰にも話しちや不可せんよ。よござんすか」

私は其時たゞ「誰にも云はないよ」と云つたぎりだつたが、心の中では大変嬉しかつた。さうして其嬉しさは事実を教へて呉れたからの嬉しさではなくつて、単に下女が私に親切だつたからの嬉しさであつた。不思議にも私はそれ程嬉しく思つた下女の名も顔も丸で忘れてしまつた。覚えてゐるのはたゞ其人の親切丈である。》（『硝子戸の中』〈二十九〉）

「御前は何処で生れたの」という御常の質問は、漱石が「差支へなく同じ返事」ができるまで「執濃」く繰り返された。「仕込」まれて、漱石の記憶の古層は濁ったのである。漱石の記憶の層の中に、生れた家は「赤い門――高藪で蔽はれた小さな赤い門の家」と大きく彫り込まれた。御常は自らが生きるために残酷にも、子供の記憶を破壊しようとしたのである。しかし漱石のもっと深い記憶の層には「牛込」の本当の生家の記憶が刻まれていた。その記憶は無意識に働いて漱石本人を喜ばせた。――「牛込へ移された当時の私は、何故か非常に嬉しかつた。さうして其嬉しさが誰の目にも付く位に著るしく外へ現はれた。」（傍点引用者）

実家に戻った漱石は幸福であったか。先の『硝子戸の中』の記述から見て幸福であった筈がない。――

「私は普通の末ツ子のやうに決して両親から可愛がられなかつた。（中略）とくに父からは寧ろ苛酷に取扱かはれたといふ記憶がまだ私の頭に残つてゐる。」

『坊つちゃん』の主人公は小供の時、よく自らの体を傷つけた。

《親譲りの無鉄砲で小供の時から損ばかりして居る。小学校に居る時分学校の二階から飛び降りて一週間程腰を抜かした事がある。なぜそんな無闇をしたかと聞く人があるかも知れぬ。別段深い理由でもない。新築の二階から首を出して居たら、同級生の一人が冗談に、いくら威張つても、そこから飛び降りる事は出来まい。弱虫やーい。と囃したからである。小使に負ぶさつて帰つて来た時、おやぢが大きな眼をして二階位から飛び降りて腰を抜かす奴があるかと云つたから、此次は抜かさずに飛んで見せますと答へた。

親類のものから西洋製のナイフを貰つて奇麗な刃を日に翳して、友達に見せて居たら、一人が光る事は光るが切れさうもないと云つた。切れぬ事があるか、何でも切つて見せると受け合つた。そんなら君の指を切つて見ろと注文したから、何だ指位此通りだと右の手の親指の甲をはすに切り込んだ。幸ナイフが小さいのと、親指の骨が堅かつたので、今だに親指は手に付いて居る。然し創痕は死ぬ迄消えぬ。》

この「無鉄砲」はどこから来たか。なぜ「坊つちゃん」は自らの身体を「無闇」と傷つけるのか。本当に

「深い理由」はないのか。「坊つちやん」は『硝子戸の中』の漱石のように物語る。

《おやぢは些ともおれを可愛がつて呉れなかつた。母は兄許り贔負にして居た。此兄はやに色が白くつて、芝居の真似をして女形になるのが好きだつた。おれを見る度にこいつはどうせ碌なものにはならないと、おやぢが言つた。》

《母が死んでからは、おやぢと兄と三人で暮して居た。おやぢは何もせぬ男で、人の顔さへ見れば貴様は駄目だ駄目だと口癖の様に云つて居た。何が駄目なんだか今に分らない。妙なおやぢが有つたもんだ。兄は実業家になるとか云つて頻りに英語を勉強して居た。元来女の様な性分で、ずるいから、仲がよくなかつた。十日に一遍位の割で喧嘩をして居た。ある時将棋をさしたら卑怯な待駒をして、人が困ると嬉しさうに冷かした。あんまり腹が立つたから、手に在つた飛車を眉間へ擲きつけてやつた。眉間が割れて少々血が出た。兄がおやぢに言付けた。おやぢがおれを勘当すると言ひ出した。》

七

「坊つちやん」の「無鉄砲」は「親譲り」ではない。親が「無鉄砲」にしたのである。

『坊つちやん』では一人の女性が登場する。この女性は「清」といって、「もと由緒のあるものだったそうだが、瓦解のときに零落して、つい奉公迄する様になつた」。「だから清は婆さんである。」「瓦解」とは徳川幕府の滅亡に伴う封建体制の崩壊をいう。「清」は十年来「坊っちゃんの家」に奉公している。この婆さんが「どういふ因縁」か、「坊っちゃん」を「非常に可愛がつて呉れた。」その可愛がり方は尋常一様ではない。「坊っちゃん」は「清」がいなかったら、とうに我が身を傷つけて死んでしまったかもしれない、と想われるほどだ。漱石は次のやうに「清」の「坊っちゃん」への愛情を描く。

《清が物を呉れる時には必ずおやぢも兄も居ない時に限る。おれは何が嫌だと云つて人に隠れて自分丈(だけ)得をする程嫌な事はない。兄とは無論仲がよくないけれども、兄に隠して清から菓子や色鉛筆を貰ひたくはない。なぜ、おれ一人に呉れて、兄さんには遣らないのかと清に聞く事がある。すると清は澄したもので御兄様は御父様が買つて御上げなさるから構ひませんと云ふ。是は不公平である。おやぢは頑固だけれども、そんな依怙贔負(えこひいき)はせぬ男だ。然し清の眼から見るとさう見えるのだらう。全く愛に溺れて居たに違ない。元は身分のあるものでも教育のない婆さんだから仕方がない。》(傍点引用者)

少し先には「あなたは慾がすくなくつて、心が奇麗だと云つて又賞めた。清は何と云つても賞めてくれる」とあり、さらに少し先に、「只清が何かにつけて、あなたは御可哀想だ、不仕合(ふしあわせ)だと無暗に云ふものだから、それぢや可哀想で不仕合なんだらうと思つた」とある。「愛に溺れ」るほど愛された経験――「何と云つても賞めてくれる」経験それだけが、人に、生きる主観的意味合いとでもいうものを教える。

「坊っちゃん」には「清」がいた。では漱石には「清」がいたか。『坊っちゃん』は明治三十九年四月の発表であるが、明治四十年二月の談話「僕の昔」に、「『坊っちゃん』にお清といふ深切な老婢(ろうひ)が出る。僕の家にも事実はあんな老婢がゐて、僕を非常に可愛がつて呉れた」とある。しかしこの「老婢」は「清」ではなかったろう。「清」は死ぬ前日に「坊っちゃん」を呼んで、「坊っちゃん後生だから清が死んだら、坊っちゃんの御寺へ埋めて下さい。御墓のなかで坊っちゃんの来るのを楽しみに待つて居ります」といって死んだ。「だから清の墓は小日向の養源寺にある」という『坊っちゃん』の掉尾(とうび)の言葉がフィクションであるように、「清」にもフィクションが加味されているであろう。漱石の中の生きる困難が、「深切な老婢」の「清」をさらに美しく具象化しているであろう。漱石はずっと独りで生きて来たのである。

漱石が一家親族の中でどれほど孤立したものであったかを物語るエピソードが『道草』の中で描かれている。文中の「比田」は漱石の従兄であり、異母姉の夫であった。漱石に兄が三人あった。長兄は明治二十年三月に死んだ。話は漱石の次兄栄之助が死ぬ明治二十年六月前後のことである。

《それは彼の二番目の兄が病死する前後の事であつた。病人は平生から自分の持つてゐる両蓋(りようぶた)の銀側時計を弟の健三に見せて、「是を今に御前に遣(や)らう」と殆んど口癖のやうに云つてゐた。時計を所有した経験のない若い健三は、欲しくて堪らない其装飾品が、何時になつたら自分の帯に巻き付けられるのだらうかと想像して、暗に未来の得意を予算に組み込みながら、一二ヶ月を暮した。

病人が死んだ時、彼の細君は夫の言葉を尊重して、その時計を健三に遣るとみんなの前で明言した。一つは亡くなつた人の記念とも見るべき此品物は、不幸にして質に入れてあつた。無論健三にはそれを受出す力がなかつた。彼は義姉から所有権丈(だけ)を譲り渡されたと同様で、肝心の時計には手も触れる事が出来ずに幾日かを過ごした。

或日皆なが一つ所に落合つた。すると其席上で比田が問題の時計を懐中から出した。時計は見違へる様に磨かれて光つてゐた。新らしい紐(ひも)に珊瑚樹の珠が装飾として付け加へられた。彼はそれを勿体(もつたい)らしく兄の前に置いた。

「それでは是は貴方に上げる事にしますから」

傍にゐた姉も殆んど比田と同じやうな口上を述べた。

「どうも色々御手数を掛けまして、有難う。ぢや頂戴します」

兄は礼を云つてそれを受取つた。

健三は黙つて三人の様子を見てゐた。三人は殆んど彼の其所にゐる事さへ眼中に置いてゐなかつた。仕舞(しまい)迄(まで)一言も発しなかつた彼は、腹の中で甚しい侮辱を受けたやうな心持がした。然し彼等は平気であつた。彼等の仕打を仇敵(きゆうてき)の如く憎んだ健三も、何故彼等がそんな面中(つらあて)がましい事をしたのか、何(ど)うしても考へ出せなかつた。

彼は自分の権利も主張しなかつた。又説明も求めなかつた。たゞ無言のうちに愛想を尽かした。さうして親身の兄や姉に対して愛想を尽かす事が、彼等に取つて一番非道(ひど)い刑罰に違(ちがい)なからうと判断した。》(『道草』〈百〉)

ここにある「兄」は三男直矩(なおかた)で漱石より八歳年上のすぐ上の兄である。先に引いた『坊つちゃん』にある「兄」も直矩である。漱石には、血のつながりの濃い一族の人たちの、その行為の心理的動機も道義的意味も「何うしても考へ出せなかつた。」漱石は、倫理の上において、一族の中で独りであった。

一族の中で漱石に親しみを感じさせる人は、母親千枝と長兄大助だけであった。

大助は「色の白い鼻筋の通つた美くしい男であった。然し顔だちから云つても、表情から見ても、何処かに峻しい相を具へてゐて、無暗に近寄れないと云つた風」（『硝子戸の中』）の男であった。大助は帝国大学の前身の開成校で化学を研究していた。漱石に英語を教え、漱石の将来について助言を与えて、志望を文科から理科に変更させた大助は結核に罹り、放蕩に身を持ち崩して死んだ。

漱石は最後の随筆集となった『硝子戸の中』の最後に母親のことを持って来た。漱石は母親のことでこのエッセイを締め括りたかったのだ。漱石の思慕の強さがわかる。漱石はいう、「悪戯で強情な私は、決して世間の末ツ子のやうに母から甘く取扱かはれなかつた。それでも宅中で一番私を可愛がつて呉れたものは母だといふ強い親しみの心が、母に対する私の記憶の中には、何時でも籠つてゐる。」だから漱石は「母の記念の為に此所で何か書いて置きたいと思」つたが、母親は「大した材料を遺して行つて」くれなかった。母親は明治十四年漱石数え十五歳の時に亡くなっているから、数え十歳で生家に戻った漱石には、六年ほどの、母親との同居があったことになる。そうであるのに、母親について書く「材料」がないというのはどういうことなのであろうか。

「気六づかしい兄も母丈には畏敬の念を抱いてゐた」という、その大助が「御母さんは何にも云はないけれども、何処かに怖いところがある」といった。母千枝は父直克に嫁ぐまで、御殿奉公をしていたという話を漱石は記憶している。そういう、いろいろな話の中で、漱石が母に受け入れられた思い出がたった一つあった。

《或時私は二階へ上つて、たつた一人で、昼寝をした事がある。其頃の私は昼寝をすると、よく変なものに襲はれがちであつた。私の親指が見る間に大きくなつて、何時迄経つても留らなかつたり、或は仰向に眺めてゐる天井が段々上から下りて来て、私の胸を抑へ付けたり、又は眼を開いて普段と変らない周囲を現に見てゐるのに、身体丈が睡魔の擒となつて、いくら藻掻いても、手足を動かす事が出来なかつたり、後で考へてさへ、夢だか正気だか訳の分らない場合が多かつた。さうして其時も私は此変なものに襲はれたのである。

私は何時何処で犯した罪か知らないが、何しろ自分の所有でない金銭を多額に消費してしまつた。それを何の目的で何に遣つたのか、其辺も明瞭でないけれども、小供の私には、到底償ふ訳に行かないので、気の狭い私は寐ながら大変苦しみ出した。さうして仕舞に大きな声を揚げて下にゐる母を呼んだのである。

二階の梯子段は、母の大眼鏡と離す事の出来ない、生死事大無常迅速云々と書いた石摺の張交にしてある襖の、すぐ後に付いてゐるので、母は私の声を聞き付けると、すぐ二階へ上つて来て呉れた。私は其処に立つて私を眺めてゐる母に、私の苦しみを話して、何うかして下さいと頼んだ。母は其時微笑しながら、「心配しないでも好いよ。御母さんがいくらでも御金を出して上げるから」と云つて呉れた。私は大変嬉しかつた。それで安心してまたすやすや寐てしまつた。》（『硝子戸の中』〈三十八〉）

この母のたった一つの、心の通じた思い出を漱石は「全部夢なのか、又は半分丈本当なのか、今でも疑つてゐる」という。「然し何うしても私は実際大きな声を出して母に救を求め、母は又実際の姿を現はして私に慰藉の言葉を与へて呉れたとしか考へられない」という。この漱石の、母の唯一の思い出が本当だったとしても、「清」は漱石にいうだろう、「あなたは御可哀想だ、不仕合だ」と。「宅中で一番私を可愛がつて呉れたものは母だといふ強い親しみの心が、母に対する私の記憶の中には、何時でも籠つてゐ」たとしても、「こんな年歯をして懐妊するのは面目ない」といって子供を「里子」に出してしまったということは、子供にすれば親に捨てられたということと同義なのであって、漱石のこころの創痕を快癒させた訳はなかろう。漱石は『思ひ出す事など』で、「余の母は余の十三四の時に死んだ。其時は同じ東京に居りながら、つい臨終の席には侍らなかつた」と書いた。ここに漱石は理由は伏せた。しかし、『坊つちやん』には次のように書かれている。

《母が病気で死ぬ二三日前台所で宙返りをしてへつついの角で肋骨を撲つて大に痛かつた。母が大層怒つて、御前の様なものゝ顔は見たくないと云ふから、親類へ泊りに行つて居た。するととうとう死んだと云ふ報知が来た。さう早く死ぬとは思はなかつた。そんな大病なら、もう少し大人しくすればよかつたと思つて帰つて来た。さうしたら例の兄がおれを親不孝だ、おれの為めに、おつかさんが早く死んだんだと云つた。口惜しかつたから、兄の横つ面を張つて大変叱られた。》

母親が追憶の「材料」を大して遺しておいてくれなかった、と漱石が書いたのは、「おれの為めに、おつかさんが早く死んだんだ」という痛切な思い出によるのではないか。利かん気な少年漱石は母親に「御前の様なもの、顔は見たくない」と言わせるようなことばかりしたのではないのか。漱石は「坊つちやん」と同じ文句をいうだろう、「創痕は死ぬ迄消えぬ。」「清」がそうであったように、母親は何をおいても、子に対して「愛に溺れて」いなければならぬ。『思ひ出す事など』の「侍らなかつた」という敬語は切々である。

八

今まで述べて来た、自らの家庭の問題一切のことを、漱石は子規に「小生は今迄別に気兼苦労して生長したといふ訳でもなく非常な災難に出合ふて南船北馬の間に日を送りしこともなく」と語つて、学問に向かつて生きて来たのであるが、今新たな問題に逢着してゐた。同書簡（明治二十三年八月九日付）にいう、「此頃は何となく浮世がいやになりどう考へても考へ直してもいやでいやで立ち切れず去りとて自殺する程の勇気もなきは矢張り人間らしき所が幾分かあるせいならんか」。漱石に一体何が起こったのか。先に引いた同書簡を今一度引くと、

《知らず生れ死ぬる人何方より来りて何かたへか去る又しらず仮の宿誰が為めに心を悩まし何によりてか目を悦ばしむると長明の悟りの言は記憶すれど悟りの実は迹方（あとかた）なし是（これ）も心といふ正体の知れぬ奴が五尺の身に蟄居する故と思へば悪（にく）らしく皮肉の間に潜むや骨髄の中に隠るゝやと色々詮索すれども今に手掛りしれず只煩悩の焰熾（ほのおさかん）にして甘露の法雨待てども来らず慾海の波（なみ）険にして何日彼岸に達すべしとも思はれず已（や）みなん已みなん目は盲になれよ耳は聾になれよ肉体は灰になれかし》（傍点引用者）

この頃の子規宛書簡には、（といっても先に触れたように明治二十六年四月までは書簡はすべて子規宛あるが、）女性がたびたび登場する。まず、明治二十二年九月二十日付けの書簡には五言絶句があって、「入夢美人声」（夢に入る美人の声）とある。次が子規から「何だと女の祟りで眼がわるくなつたと、笑ハしやァ

がらァ」と大笑されたもので、明治二十三年七月二十日付けの「其上何の因果か女の祟りか此頃は持病の眼がよろしくない」である。同書簡には「昼寐して夢に美人に邂逅したる時の興味抔は言語につくされたものにあらず」ともある。その次が、小説の筆使いを想わせる、「病み上りの美人が壮士の腕に倚りけるが如し」である。さらに、これは書簡ではないが、二十三年九月、漱石は友人と箱根に旅した。その旅中に作った五言律詩八首を子規に送って「斧正（注、人に詩文の添削を頼むときの謙辞）を乞う」た。その一首に「一夜征人の夢／無端柳枝に落つ」とある。中国文学者吉川幸次郎の詩注に「○征人――たびびと。○無端――ゆくりなくも、どうしたわけか。○柳枝――もとよりやなぎのえだだが、それを歌った詩には、恋に関係したものが多い。臆測をたくましくすれば、当時の先生には、恋人があり、箱根の夢にも現れたのかも知れぬ。」

そして明治二十四年七月十八日付けの書簡に、

《ゑゝともう何か書く事はないかしら、あゝそうそう、昨日眼医者へいつた所が、いつか君に話した可愛らしい女の子を見たね、――銀杏返しに竹なはかけて（注、銀杏返しは女性の髪型の一つ。竹なはは髪飾り）――天気予報なしの突然の邂逅だからひやつと驚いて思はず顔に紅葉を散らしたね丸で夕日に映ずる嵐山の大火の如し其代り君が羨ましがつた海気屋で買つた蝙蝠傘をとられた》

と続く。

二年間にわたって一人の女性が漱石を悩まし続けたかどうかは分からない。しかし漱石は明らかに恋の高まりの中にあった。この恋愛は漱石を相当に悩ませた。「煩悩の焰熾にして」「慾海の波険にして」、「已みなん已なん目は盲になれよ耳は聾になれよ肉体は灰になれかし」と叫んだ。だがここに重要なのは、この「煩悩」による叫びではなく、その前に書かれた漱石の自問の方である。「煩悩」による叫びだけならば、「何となく浮世がいやになりどう考へても考へ直してもいやでいやで立ち切れず」とはならないであろう。「是も心といふ正体の知れぬ奴が五尺の身に蟄居する故」には、後年の作家漱石の主要テーマが示されている。そして二十三歳の漱石はこの「心といふ正体の知れぬ奴」といふテーマのもとに小説を「十五六枚」書いたのである。三十九歳の漱石は「幼稚」としてそれを破棄したが、心とは何か、というテーマを破棄したのではない。むしろ、心とは何か、というテーマが、若年の頃から、身を潜めながらも、自己の内心に、しかと動かぬ姿であり続けたことを確認しただろう。後年漱石は『こころ』を朝日新聞に連載するに当たって、一文を寄せた。その文にいう、「自己の心を捕(とら)へんと欲する人々に、人間の心を捕へ得たる此作物を奨(すす)む。」(『心』広告文」)

九

明治二十三年九月に子規に漢詩を送って以来、明治二十四年四月二十日付けの書簡まで漱石の子規宛書簡はない。紛失も考えられるが、『筆まかせ』に見られる記録魔の子規を考えると、そうも考えにくい。一つには正月を子規が東京で過ごしたせいもあると思われるが、不思議である。しかし今は、この八ケ月間に手紙が書かれなかったのかどうかより、明治二十四年四月二十日付けの書簡に気持ちが向かう。「狂なるかな狂なるかな僕狂にくみせん」で始まる、この書簡は異様である。子規への烈しい共感、感情の爆発がある。

文中の「隠れみの」は子規の紀行文である。子規はこの年の三月二十五日から四月二日まで房総を旅した。

《狂なるかな狂なるかな僕狂にくみせん君が芳墨を得て始めは其唐突に驚ろき夫から腹を抱へて満案の哺を噴き終りに手紙を掩ふて泫然（注、涙のはらはらと落ちるさま）たり君の詩文を得て此の如く数多の感情のこみ上げたるは今が始めてなり君が心中一点の不平俄然（注、突然）炎上して満脳の大火事となり余焔筆頭を伝はつて三尺の半切に百万の火の子を降らせたるは見事にも目ばゆき位なり平日の文章心を用ゐざるにあらず修飾なきにあらず只狂の一字を欠くが故に人をして瞠若（注、目を見張って驚くさま）たらしむるに足らず只一篇狂気爛熳わが衷情を寸断しわが五尺の身を戦栗せしむ七草集はものかは隠れみのも面白からず只此一篇……》

ここに書かれた子規の「芳墨」――「百万の火の子を降らせた」「三尺の半切」は残念ながら遺っていない。子規に何があったのか。

五週間程前の三月十二日、母方の叔父で、父を早く亡くした子規を長とする正岡家の精神的、経済的支えであった大原恒徳に宛てて「私ハ此頃甚だげんきにて外の人が羨ミ居候次第ニ御座候」と書いた子規が、四月六日には、同じく大原恒徳に宛てて「前月末頃脳病（鬱憂病ノ類）ニ罹り学科も何も手につかず候故十日の閑を偸んで（尤学校ハ大方休ミ也）房総地方へ行脚と出掛申候」と認めた。四月二十八日には先の両便を総括するような書簡を同じ叔父に送った。――「私先頃中存外丈夫ニテ人も称し自分も相許し候処十日程已前ヨリ何となく不穏之兆候を顕し候　病気ハ脳と肺と同時に来リタルものに候へともどちらも固ヨリ病といふべき程にハ至らず畢竟（注、要するに）スルニ其原因ハ身体の衰弱ニアル事ナレハト思ヒ先日ヨリ急ニ養生ヲはじめ申候」。続けて、

《病気と申てさしたる事もなく寐る様な事ハもとより少しも無御座候得共脳のわるき時ハ（脳痛頭痛にあらず）狂に近きことあり　又衰弱の時は昼夜の別なくたわひもなく寐ることも御座候
又子規病に関してハ先日一寸痰中に血ノ一点ヲ見タル事有之候（ほんの一点也大キサハ○位）其後つゞきて出る訳にも無之故服薬も致さず只其積りて少し用心致居候
病気についての一件ハおつくうに聞ゆるも計りがたきにより母様抔ニハ無論御話無御座様　奉　祈　候
右の如く少々よわりのきてゐる処に此頃ハ試験の為に多少の困難ヲ来し居候》（傍点引用者）

四月六日の手紙に「前月末頃脳病ニ罹り学科も何も手につかず」とあるのに、四月二十八日の手紙には「十日程已前ヨリ何となく不穏之兆候を顕し候」とあり、書き誤りなのか「脳病ニ罹」った日に異同がある。また、「脳病ニ罹り学科も何も手につかず」だの「病気ハ脳と肺と同時に来リタルものに候へどもどちらも固ヨリ病といふべき程にハ至らず畢竟スルニ其原因ハ身体の衰弱ニアル」だの「右の如く少々よわりのきてゐる処に此頃ハ試験の為に多少の困難ヲ来し居候」だのとあるように、「狂に近き」まで行つた「脳病」の原因と「試験」の直接的関わりを否定している。このことは、後年の子規本人の記述と異なるのである。死の一年前の明治三十四年に、新聞『日本』に連載された『墨汁一滴』の六月十五日の一節に、「明治二十二年の五月に始めて喀血した。其後は脳が悪くなつて試験がいよいよいやになつた。」続けて、

《明治二十四年の春哲学の試験があるので此時も非常に脳を痛めた。ブツセ先生の哲学総論であつたが余には其哲学が少しも分らない。一例をいふとサブスタンスのレアリテーは有るか無いかといふやうな事がいきなり書いてある。レアリテーが何の事だか分らぬに有るか無いか分る筈が無い。哲学といふ者はこんなに分らぬ者なら余は哲学なんかやりたく無いと思ふた。それだから滅多に哲学の講義を聞きにも往かない。けれども試験を受けぬ訳には往かぬから試験前三日といふに哲学のノート（蒟蒻板に摺りたる）と手帳一冊とを携へたまゝ飄然と下宿を出て向島の木母寺へ往た。此境内に一軒の茶店があつて、そこの上さんは善く知つて居るから、斯う〳〵で二三日勉強したいのだが百姓家か何処か一間借りてくれまいかと頼んで見た。すると上さんのいふには二三日なら手前どもの内の二階が丁度明いて居るからお泊りになつても善いといふので大喜びで其二階へ籠城する事にきめた。

それから二階へ上つて蒟蒻板のノートを読み始めたが何だか霧がかゝつたやうで十分に分らぬ。哲学も分らぬが蒟蒻板も明瞭でない。おまけに頭脳が悪いと来てゐるから分りやうは無い。二十頁も読むと最ういやになつて頭がボーとしてしまふから、直に一本の鉛筆と一冊の手帳とを持つて散歩に出る。外へ出ると春の末のうらゝかな天気で、桜は八重も散つてしまふて、野道にはげんげんが盛りである。何発句にはなるまいかと思ひながら畦道などをぶらりぶらりと歩行いて居ると其愉快さはまたとはない。脳病なんかは影も留めない。一時間ばかりも散歩すると又二階へ帰る。併し帰るとくたびれて居るので直に哲学の勉強などに取り掛る気は無い。手帳をひろげて半出来の発句を頻りに作り直して見たりする。此時は未だ発句などは少しも分らぬ頃であるけれどさういふ時の方が却て興が多い。つまらない一句が出来ると非常の名句のやうに思ふて無暗に嬉しい時代だ。或はくだらない短歌などもひねくつて見る。こんな有様で三日の間に紫字のノートをやうやう一回半ばかり読む、発句と歌が二三十首出来る。それでも其時の試験はどうか斯うかごまかして済んだ。もつともブツセといふ先生は落第点はつけないさうだから試験がほんたうに出来たのだかどうだか分つた話ぢやない。》

漱石の「狂なるかな狂なるかな僕狂にくみせん」の手紙の中の「腹を抱へて満案の哺を噴き」とは、今引いた『墨汁一滴』に書かれていたものにもっと諧謔を交えたものを漱石に見せたものであろう。——「サブスタンスのリアリテー」を勉強しようと思って、向島の寺の境内の茶店の二階を子規は借りた。「哲学のノート」を読み始めると頭に「霧がか丶つたやうで十分に分ら」ない。無理して読むが「二十頁も読む」と「頭がボーとして」いやになってしまう。鉛筆一本と手帳を持って外へ出る。春の末だから八重桜は散っているがげんげんが盛りで美しい。「またとはない」愉快さである。「脳病」などどこかへ行ってしまった。一時間してもどると、哲学の勉強なんかしたくない。手帳を広げて「半出来の発句」を作り直す。面白くて仕方がない。——漱石は「腹を抱へて」大笑したろう。では、「終りに手紙を掩ふて泫然たり」とは何か。どうして漱石は涙を流したか。子規は大学で勉強を続ける困難を、或はその無意味さを漱石に語ったのではないか。漱石の手紙にある「君が心中一点の不平」である。「サブスタンスのリアリテー」に何の意味があるか。子規の手紙に退学という文字があったかも知れぬ。（子規は二カ月後の六月末の学年試験を受けずに帰省してしまう。そして翌年九月大学を中退した。）しかし、それは子規の六歳の時に家長を失った正岡家にとって、子規にかける期待の大きさからいって許されることではなかった。「計りがたき」病気ならいざ知らず、「サブスタンスのリアリテー」が分からぬやら面白くないやらで大学を中退するとは、世間には理解の出来ぬことであった。いや、世間は子規には考慮の外にあったろう。だが母親の失望は見るに忍びなかったことであろう。父を早く亡くした子規は母親の手一つで育てられた男であった。——子規は漱石にそう書いたかも知れぬ。漱石は、「手紙を掩ふて泫然」とした。

子規はほぼ大学中退の意志を固めていたと想われる。周囲への周到な心配りの中で、計画は慎重に進められていた。叔父大原恒徳への辻褄の合わない手紙は事実を隠して、事実を伝える際に取るであろう配慮を伝えている。母親へは直接にいうのを避け、少しずつ退学への道を切り拓いている。——「母様抔（など）ニハ無論御話無御座様奉祈候」

「狂なるかな……」の手紙の続きに漱石はいう、

《嗚呼（ああ）狂なる哉狂なるかな僕狂にくみせん僕既に狂なる能はず甘んじて蓄音器となり来る廿二日九時より文科大学哲学教場に於て団十郎の仮色（こわいろ）おつと陳腐漢の囈語（たわごと）を吐き出さんとす蓄音器となる事今が始めてにあらず又是が終りにてもあるまじけれど五尺にあまる大丈夫が情けなや何の果報ぞ自ら好んでか丶る器械となりはてたる事よ行く先も案じられ年来の望みも烟りとなりぬ梓弓張りつめし心の弦絶えて功名の的射らんとも思はざれば馬鹿よ白痴と呼ばれて一世を過し蓄音器となつて紅毛の士に弄（もてあそ）ばる丶も亦一興ぞかし》（傍点引用者）

「サブスタンスのリアリテー」に自己の如何なる部分も自ずからなる展開が期待できぬと知った子規が中退の道を考慮していた時、漱石は「団十郎の仮色」ならぬ「陳腐漢の囈語を吐き出」す「蓄音器」となろう

としていた。これは何を意味するか。大正三年の講演「私の個人主義」の中でこの頃を回想して漱石はいう、

《私のこゝに他人本位といふのは、自分の酒を人に飲んで貰つて、後から其品評を聴いて、それを理が非でもさうだとして仕舞ふ所謂人真似を指すのです。一口に斯う云つて仕舞へば、馬鹿らしく聞こえるから、誰もそんな人真似をする訳がないと不審がられるかも知れませんが、事実は決してさうではないのです。近頃流行(はや)るベルグソンでもオイケンでもみんな向ふの人が兎や角いふので日本人も其尻馬に乗つて騒ぐのです。まして其頃は西洋人のいふ事だと云へば何でも蚊でも盲従して威張(いば)つたものです。だから無暗に片仮名を並べて人に吹聴して得意がつた男が比々(ひひ)皆是なりと云ひたい位ごろごろしてゐました。他の悪口ではありません。斯ういふ私が現にそれだつたのです。譬(たと)へばある西洋人が甲といふ同じ西洋人の作物を評したのを読んだとすると、其評の当否は丸で考へずに、自分の腑に落ちやうが落ちまいが、無暗に其評を触れ散らかすのです。つまり鵜呑(うのみ)と云つてもよし、又機械的の知識と云つてもよし、到底わが所有とも血とも肉とも云はれない、余所々々(よそよそ)しいものを我物顔に喋舌(しゃべ)つて歩くのです。然るに時代が時代だから、又みんながそれを賞めるのです。》

学生であった若き漱石は、大学の「哲学教場」で「紅毛人」つまり西洋人の教師から、漱石も読んでいたある西洋人の作物の批評を聞いた。その批評に漱石はしかと納得したわけではなかったが、漱石はその批評に賛意を表わしてしまった。これは結果として西洋人に「盲従」したといわれても或は「弄ばれた」といわれても仕方がないことであった。これも「軽薄」な行為といっていい。このことを若き漱石は自嘲して「蓄

音器」となったと書いたのだ。これでは「洋文学の隊長とならん」という「年来の望み」は「烟り」となって消えてしまうであろう。これに対し、子規は敢然として大学を去ろうとしていた。「またとない」「愉快さ」が味わえる道を行こうとしていた。だが、それは、文明開化の時代には世間的に見て、「狂」とでもいうしかない生き方であった。「時代」は「蓄音器」となることが「賞め」られる「時代」であった。だから漱石は「嗚呼狂なる哉狂なるかな僕狂にくみせん」と快哉を挙げたのだ。漱石は子規の決断に深く同意したが、「僕既に狂なる能はず」として自ら決めた英文学研究の道を「甘んじて」進もうとする。「蓄音器となつて紅毛の士に弄ばるゝも亦一興ぞかし」。

この、「狂なる哉狂なるかな僕狂にくみせん」（四月二十日付）というほとんど絶賛の辞といっていい漱石の手紙をもらった子規は、数日後先に引いた叔父宛の手紙（四月二十八日付）に、「狂」という言葉を添え、そっと本音をもらしていう、「脳のわるき時ハ（脳痛頭痛にあらず）狂に近きことあり」。ここにいう「狂」の意味を知っていたのは天下に漱石と子規のみであったろう。

後年、子規は「サブスタンスのリアリテー」を、日本人としての十一年の苦闘の歩みの末に感得した。明治三十五年、この年の九月十九日に子規は死ぬのであるが、『墨汁一滴』と同じく新聞『日本』に、五月五日より連載された『病牀六尺』の八月七日の項に次のように書いた。全文である。

《○草花の一枝を枕元に置いて、それを正直に写生して居ると、造化の秘密が段々分つて来るやうな気がする。》

この時、西洋人の誤解を怖れずにいえば、子規は神のほとんどすぐ傍にいた。

十

子規が大学中退の意を固めたころ、子規の前に一人の男が現われた。後に漱石の「狂」を眼前に目撃することになる虚子高濱清である。子規は、この優秀な七歳若い男に、生きている時代の意味合いと自らの抱負を明かした。

明治二十四年五月二十三日、虚子は子規に初めて手紙を書いた。虚子十七歳である。文中の「河東兄」は後に虚子とともに子規を助けて俳句革新運動に打ち込んで行く碧梧桐河東秉五郎のことである。三人は同郷であった。

《小生大兄ノ高名を承る事久しく河東兄ノ家ニ遊フ毎に常ニ大兄の手書ニ接シ恋々の情止む能ハず　昨年夏城北練兵場ニ於テ始メテ君ニ会フ事ヲ得ルト雖トモ小生ノ小胆なる進て大兄ニ向テ語ヲ発スルノ機会を得さりしハ家に帰りて已に遺憾に堪へず今ニ於テ赧顔の至りなり　蓋シ余ノ兄ニ向テ斯く恋情忍ぶ能ハさる所以のものハ全く君と嗜好を等ふするによるものにして君か一言一句ハ以テ余の肝胆に徹す可く以テ余か勇気ヲ奮フ可シ（後略）》

子規は、「嗜好を等ふする」という弟子の、この「恋々の情止む能ハ」ざる手紙に答える。

《御手紙拝見　益（ますます）御多祥欣賀（たしょうきんが）之至リニ候　小生未だ拝顔を得ず候へども賢兄池内氏之第四郎にしてしかも河東氏の親友といふ已に相識の感有之（これあり）候　河東氏の談によるに賢兄近来文学上の嗜好をまされたるもの、如し　聞く賢兄郷校に在て常に首位を占むと僕輩頑生真に健羨（けんせん）にたへず　請ふ国家の為に有用の人となり給へかまへて無用の人となり給ふな　法律なり経済なり政治なり医学なり悉く（ことごと）名人学者の来るをまつものならざるはなし　然れども真成之文学者また多少の必要なきにあらず（後略）》（明治二十四年五月二十八日・傍点引用者）

虚子は池内庄四郎の四男で、明治十四年祖母の名跡を継いだ。家は子規の住まいと背中合せであった。この書信の往復に、青年の若々しい魂の触れ合いとでもいいたい交情の濃密さが感じられるのだが、注意したいのは、子規の精神の能動性と質の高さである。何であれ自分たちで造らなければならぬ、という新しい時代の要請の熱き息吹というべきものを敏感に感じ、自覚的に引き受けた、健康そのものという大きな精神がここにある。

十一

子規は明治二十八年、日清戦争の二年目、従軍記者を志願して、大連を経て金州に向かった。東京を出発したのは三月三日であった。出発に当り、子規は歌を詠んだ、

《かへらじとかけてぞちかふ梓弓矢立たばさみ首途すわれは》

金州には五月十日までいた。

《国あり新聞なかるべからず。戦あり新聞記者なかるべからず。軍中新聞記者を入るるは一、二新聞のためにあらずして天下国家のためなり兵卒将校のためなり。新聞記者にして已に国家を益し兵士を利す。乃ちこれを待遇するにまた相当の礼を以てすべきや論を竢たず。》（「従軍記事」）

ところが子規が受けた「待遇」は過酷なものであった。寝るところにしても、食事にしても、ひどかった。例えば、広島の宇品港から柳樹屯に向かう船中、一人畳一枚より狭き所にいた子規たち従軍記者は、「こんなに広く場所を取つてはいかん、早く詰めんか」と某曹長からどやされた。柳樹屯では宿舎は自ら探さなくてはならなかった。金州では土間に寝た。また食事は、船中は小石の如き飯を食い、菜は一種、茶は滴りを飲んだ。金州での食事は高野豆腐と凍蒟蒻のみであった。だが子規は耐えた。「新聞記者は軍中にある限りは新聞のために国家のためにその怒を抑へてその辱を忍」ぶべきだと思ったからであった。しかし、子規に蹶然帰国を決心させることが起こった。「天下国家のため」「兵卒将校のため」に働く「新聞記者」に対する、軍の「相当の礼」の問題であった。子規は近衛師団管理部長に抗議した、「私がここでいふのは宿舎が悪いとか飯が旨くないとかいふやうな事をいふのではないのです、一体我々に対して礼を失して居ることが多いと思ふのです。」子規たち従軍記者は曹長から出て行けだの馬鹿野郎だの、と何度も侮辱的発言を浴びせられていた。それに答えて近衛師団管理部長は言った、「君らは無位無官ぢやないか無位無官の者なら一兵卒同様に取扱はれても仕方がない」。怒気むらむら心頭に上るのを自覚しながら子規は、言うところを知らなかった。ただ知らずに口が動いた。「一兵卒……一兵卒……一兵卒同様ですか」。近衛師団管理部長も確認した、「さうサ一兵卒同様サ」。ここに子規は傍点を打った。

《今やどうあつても帰国せざるべからずと決心せり、何となれば彼曹長の如きはわが職務を傷けたるものにして管理部長の如きはわが品格を保たしめざるものと信じたればなり。》（「従軍記事」）

《吾人は有形上の待遇において不平を言はずしかれども無形上の待遇当を得ざるにおいて一刻もこれを忍ぶ能はざるなり》（「同上」）

二十歳年長ながら子規の門下生であった内藤鳴雪は、数え二十六歳の子規とその身の上を談じて、「何ぞ老成且つ老衰の甚だしきや」といったが、「従軍記事」にもまた子規の「老成」が見てとれる。漱石についても草平が埼玉の臨済宗平林寺の僧侶の言葉を伝えている。平林寺の僧侶は漱石が五十歳で死んだと聞いて、老成（ませ）た男でしたなあ、と言ったというが、子規であれ、漱石であれ、彼らの学問の根柢には人格の老成がある。この「老成」さで、子規は俳句、短歌、散文の革新に、漱石は英文学研究に邁進したのである。

子規は時代の動きを感ぜざるものを憎んだ。

《古は官吏尊くして庶民は卑しかりき。これ事実の上においてまた然かしかりしのみならず理論の上においてまた然しかりしなり。今は理論の上において官民に等差とうさを附せずしかも事実の上においてなほ官尊民卑の余風を存す。租税を納むる者が郡区役所の小役人に叱られしはまさに昔日の一夢ならんとす。軍功を記して天下に表彰する従軍記者が将校下士の前に頓首して食を乞こひ茶を乞ひただその怒気に触れんことを恐るるが如き事実の明治の今日に存せんとは誰も予想外なりしなるべし。》

「官民に等差を附せ」ない時代、それが明治という時代ではないか。だからこそ私たち一人一人に大きな責任があるのだ。私たち一人一人が明治という時代に新しい国家を支えて行かなければならぬのだ。「国家の為に有用の人」とならなければならぬ。それはどの分野、——法律の世界でも実業の世界でも政治の世界でも医学の世界でも文学の世界でも、どの世界でもよかった。それぞれの世界が新しく生まれなければならなかった。どこでも人を必要としていたし、またそれはどこにでも志すところに行けることでもあった。

十二

子規が日清戦争に記者として従軍することに周囲は猛烈に反対した。明治二十八年の一月九日、子規は母方の叔父大原恒徳宛に手紙を認したためた。

《扨さて私今度或は新聞記者として従軍いたし候様に相成可申あいなりもうすべくと楽み居候（中略）

昨夜来雄心勃々として難禁候ひしかとも第一ハ寒気を恐れ第二ハ他ニも望手有之候ひし故差扣居候今日になりてハ最早寒気も知れたものに相成且つ従軍者払底ニ相成候故志願致候》

ここにある「雄心」が同日の別便（佐藤安之介宛）では「小生も遊志難禁いよいよ従軍と決心致し候　多分ハ望ミ相叶候事と存居候」とあるように「遊志」の字を使っている。子規の躍るような気持ちが伝わって来る。しかし、従軍には周囲は猛反対であった。豪傑ぞろいの日本新聞社内でも驚いた。そもそも、「最早寒気も知れたものに相成」どころではなかった。

従軍し戦地にいた友人五百木飄亭は子規の従軍希望に対して、「戦地の衛生は到底彼の渡来を許さぬこと、戦地の恐るべきは砲煙弾雨にあらずして病魔の襲来にあること、一度戦地に病めば所詮十分の療養なりがたきこと」（『鳴呼子規』）を詳細に説いて忠告した、という。続けて飄亭は、明治二十八年一月三日子規に宛てて、「当地は寒気いよいよ甚し」と記し、一月七日の手紙では「寒気目下尤も凛烈　凍傷者は行軍途上続々出来るならんか」、一月十一日の手紙には「この節筆硯皆氷りて甚だ不便なり」と書き送っていた。

しかし、子規は翻意しようとはしなかった。子規が最も恐れたのは「寒気」ではなく周囲の心配だったのかもしれぬ。

二月二十五日、子規は神田で碧梧桐と虚子に別れる時に、「帰つてゆつくりお読みや」と言って手紙を渡し、後事を託した。

《今ヤ日清事有リ　王師十万深ク異域ニ入ル誠ニ是レ国家安危ノ分ル、所東洋漸ク将ニ多事ナラントス　僕

亦意ヲ決シ一枝ノ筆ヲ挟ミ軍に従ハント欲ス》

朝鮮国の中で、日本を範として開化政策を推し進めようとする独立党と、一六三七年清の大軍が侵入して以来続いている朝貢を続けようとする保守派の事大党との政争が、明治九年（一八七五）の日朝修好条規以来続けられていた。この政争は外国の干渉を招来したし、また外国への依存にも発展した。明治二十二年、ロシアは豆満江下流一帯に居留地を設けることと、豆満江両岸の船舶自由航行の権利を獲得した。ロシアの南下は朝鮮国の独立どころか、わが国の独立をも危うくするものであった。ロシアが朝鮮半島か遼東半島に不凍港を求めていたのは世界に周知のことである。

明治二十七年、朝鮮に西学（キリスト教）に反対する排外的信仰団体の東学党の乱が起こった。彼ら信徒は迫害の停止と地方官の暴政を訴えた。官庁を襲い、官吏を殺し、倉を破り、武庫を毀（こぼ）った。その勢は猖獗（しょうけつ）を極め、朝鮮の軍隊では抑えられなかった。そこで、朝鮮政府は清に援兵を請うた。これは清国政府と朝鮮国王の外戚閔（びん）氏一族の密謀するところであった。日朝修好条規締結以来、朝鮮国の独立を支持する日本は清国の朝鮮属国化に反対し、軍隊を派遣するに至った。

日清両国もし戦わば勝利は清国に帰するものとは、欧米列国の一致した見方であった。

大国清との戦争は子規のいう「誠ニ是レ国家安危ノ分ル、所」であった。子規は明治三十三年に書いた小説『我が病』の中で「いくさがいよいよ起つたと聞いた時にはさすがに平和に馴れた耳を驚かしたよ。若し日本の国が亡びてしまひはすまいか。明日にも東京へ敵兵が這入つて来て我々も何処かへ逃げねばならぬやうになりはすまいか」と心配した、と書いている。この心配は子規の空想とはいえぬ。戦争前、清の軍艦鎮遠、定遠が示威のため横浜にやって来て、日本人を驚かしたこともあった。

日清戦争の端緒となった七月二十五日の豊島沖海戦以来の子規の書簡を読んでみると、戦争に関することは日本軍が清軍を破り平壌に入った翌日の、九月十七日の碧梧桐と虚子宛の書簡まで見られない。それも、俳句のこと、虚子の一身上のことを述べた後、「九月十七日」の日付の下に「平壌捷報の達する日」と記しているだけである。子規は苦戦するであろう戦争の行く末を無言で見守っていたのである。

次に戦争のことが見られるのは十一月九日付けの友人竹村鍜（碧梧桐の兄）宛の手紙である。「各種の知人続々渡韓致し候故愚生も遊意勃々難禁候へども済勝の再要具（M）に乏しければ雌伏するより外はなく許りに候」

この頃の戦争は国民的なものであった。虚子は昭和九年に振り返っていう、――「日清戦争は大変なことがおつぱじまつたといふので国を挙げて戦はなくちやならぬといふ意気に燃えてゐましたよ。報国の意気が旺んで、その時分の文学者の考は今とは違つてゐました。」

次の十一月二十八日付けの飄亭宛の子規の手紙は、こういう、「国を挙げて戦はなくちやならぬといふ意気に燃えてゐ」た時に書かれたものとして読まなければ一哲学少年の空想に耽った駄辞になってしまう。先に書いたように五百木は戦地にあった。

《昨夜は灯火に哲学論を起草致候　小生の哲学は優に半紙三枚なり　併し是にて数千年来の前賢碩儒の説は皆倒れたりと存候（法螺に非らず）小生此の如き大言致し候事今回が始めてに候其論の第一条を示せば

（一）我あり（命名）我を主観と名く

（命名）主観ありとするものを自覚と名く　此我と云ふは言ふに言はれぬものなり世間の我といふ意味と思ふの如し其他皆之れより演繹せしものなり　可らず　其余は略し候云々》

日本新聞の古島一雄は往時を回想して「やがて豊島沖の一撃が日清戦争の序幕となつて、東洋未曾有の大活劇が演ぜらるゝと云ふ一段になつては、四千万衆の血は沸き返つて、なかなか発句だとか歌だとか、乃至文学上の記事などは見向きもしない。社中の人々は皆な特派員となつて戦地に行く、新聞の上には戦記が二号文字で載る。十七字文学は、僅に紙面の一隅に余端を保つに過ぎない」と言っている。「芭蕉の俳句は過半悪句駄句を以て埋められ上乗と称すべき者は其何十分の一たる少数に過ぎず。否僅かに可なる者を求むるも寥々（注、数の少ないこと）晨星（注、明け方の星）の如し」（「芭蕉雑談」明治二十六年）と豪語して俳句革新に挺身していた子規にとって、俳句が「見向きも」されず「僅に紙面の一隅に余端を保つに過ぎない」という状況は深く内省を強いたろう。子規にとって文学は国民的な全生命的な事業でなくてはならなかった。

虚子は、子規の健康は従軍前から悪かったと回想しているのだが、そういう自身の病軀を含めて子規は、「東洋未曾有の大活劇」に酔った「四千万」の国民のすぐ隣で静かに憶ったろう。その静思の中で生まれたのが「言ふに言はれぬ」「我」であったのだ。

十三

明治二十八年二月二十五日の手紙に戻ろう。神田で別れる時に子規が碧梧桐と虚子に手渡したものだ。

《僕ノ志ス所文学ニ在リ　文学二種有リ　一ニ曰ク詩文小説ヲ作為スルナリ是レ雅事ニ属ス　二ニ曰ク文学書ヲ編纂シ文学者ヲ教育スルナリ是レ俗事ニ属ス　詩文小説ヲ作為スル者ハ遍ク天下ノ景勝ヲ探リ博ク世間ノ人情ヲ究ムルヲ要ス　景勝ヲ探リ人情ヲ究メント欲スレバ身ニ世務アルベカラズ家ニ煩累アルベカラズ而シテ僕共ニ之レ有リ　文学書ヲ編纂シ文学者ヲ教育スル者ハ幾多ノ材料ヲ蒐メ幾多ノ英才ヲ集ムルヲ要ス材料ヲ蒐メ英才ヲ集メント欲スレバ巨万ノ黄金ナカルベカラズ若クハ顕彰ノ地位ナカルベカラズ而シテ僕倶ニ之ヲ欠ク　雅事ニ委センカ能ハズ俗事ニ任ゼンカ亦能ハズ況ンヤ雅事俗事共ニ之ヲ兼ヌルヲヤ　知ラズ孰レノ道ニ従ツテカ以テ素志ノ万一ヲ為スコトヲ得ン　僕独リ惑フ》

子規は「惑」ってなどいなかった。「世務」もあり「煩累」もあり病軀でもあったが、「詩文小説ヲ作為」して「雅事」に忙しく、貧乏であったが「幾多ノ材料ヲ蒐メ」、多くはなかったが「英才」を教育する「俗事」もやっていた。自国日本がとてつもないことをやり遂げ、子規はその意味を身を以て知ろうと心躍っていたのだ。「芭蕉の俳句は過半悪句駄句を以て埋められ上乗と称すべき者は其何十分の一たる少数に過ぎず。否僅かに可なる者を求寥々晨星の如し」と壮語した子規の意気を越えて、母国日本は世界的大事業を成し遂げつつあった。

《征清ノ軍起リテ天下震駭シ旅順威海衛ノ戦捷（注、戦勝）ハ神州ヲシテ世界ノ最強国タラシメタリ　兵士克ク勇ニ民庶克ク順ニ以テ此ニ国光ヲ発揚ス　而シテ戦捷ノ及ブ所徒ニ兵勢益振ヒ愛国心愈固キノミナラズ殖産富ミ工業起リ学問進ミ美術新ナラントス　吾人文学ニ志ス者亦之ニ適応シ之ヲ発達スルノ準備ナカルベケンヤ

僕適觚ヲ新聞ニ操ル（注、觚を操るとは、文筆を業とすること）或ハ以テ新聞記者トシテ軍ニ従フヲ得ベシ而シテ若シ此機ヲ徒過スルアランカ　懶（注、なまけること）ニ非レバ則チ愚ノミ傲（注、おごること）ニ非レバ則チ怯（注、おびえること）ノミ　是ニ於テ意ヲ決シ軍ニ従フ

軍ニ従フノ一事以テ雅事ニ助クルアルカ僕之ヲ知ラズ　以テ俗事ニ助クルアルカ僕之ヲ知ラズ　雅事ニ俗事ニ共ニ助クルアルカ僕之ヲ知ラズ　然リト雖モ孰レカ其一ヲ得ンコトハ僕之ヲ期ス　縷々（注、細かいさま）ノ理些々（注、すくないさま）ノ事解説ヲ要セズ　之ヲ志ス所ニ照シ計画スル所ニ考ヘバ則チ明ナルベシ　足下之ヲ察セヨ》

子規のいう「戦捷ノ及ブ所徒ニ兵勢益振ヒ愛国心愈固キノミナラズ殖産富ミ工業起リ学問進ミ美術新ナラントス　吾人文学ニ志ス者亦之ニ適応シ之ヲ発達スルノ準備ナカルベケンヤ」という文章は、次の漱石の講演筆記と不思議な一致を見せている。

《日露戦争と云ふものは甚だオリヂナルなものであります。インデペンデントなものであります。あれをもう少し遣つて居つたならば負けたかも知れない。宜い時に切り上げた。その代り沢山金は取れなかつた。け

れども兎に角軍人がインデペンデントであると云ふことはあれで証拠立てられてゐる。西洋に対して日本が芸術に於てもインデペンデントであると云ふ事ももう証拠立てられても可い時である。》（「模倣と独立」）

平成の現代では遠く想像するしかないのだが、日清戦争の子規にも日露戦争の漱石にも、軍人の仕事が時代の精神と密接に結びついていることが、しかと相手の手を握るように感じられていたのだ。軍人のやり遂げた成果は文学者のこころの中にも烈しく打ち寄せていた。それを子規は「新ナラントス」と喜び、漱石は「オリヂナルなもの」あるいは「インデペンデントなもの」と讃えた。彼らを現代の不健康な思潮で批判してはいけない。彼らの精神は眩しいほど健康であったし、子供ではなかった。彼らは驚くほど「老成」していた。

十四

碧梧桐、虚子に手紙を渡した翌日の二月二十六日、子規は戦地の五百木瓢亭に手紙を出した。

《皆に止められ候へとも雄飛の心難抑（おさえがたく）終ニ出発と定まり候　生来稀有之快事ニ御座候
小生今迠（まで）にて尤（もっと）も嬉しきもの
　初めて東京へ出発と定まりし時
　初めて従軍と定まりし時

の二度に候　此上に猶望むべき二事あり候

洋行と定まりし時

意中の人を得し時

の喜び如何ならん　前者或ハ望むべし後者ハ全ク望ミ無し遺憾々々（後略）》

子規が学生時代に書いた『筆まかせ』に「半生の喜悲」の項があって、うれしかったこととして、叔父の加藤拓川から上京の許可の手紙が来た時、常磐会の給費生となった時、予備門に入学した時の三つを挙げている。それから七年経った。明治二十四年の冬頃より子規畢生の大業「俳句分類」も始まっていた。大学を中退して日本新聞社に入社し、最初の著述『獺祭書屋俳話』を刊行し、「芭蕉雑談」を『日本』に連載し、雑誌『小日本』の編集主任に抜擢（ばってき）され、八面六臂（はちめんろっぴ）の活躍をしていた子規に「うれしきこと」は、子規の「雄飛の心」とともに大きくなった。しかし「此上に猶望むべき二事」の「洋行」と「意中の人を得」ることは叶わなかった。（「後者ハ全ク望ミ無し」には何か深い失意が隠されているように想われる。）この「洋行」と「意中の人を得」ることの二つは『筆まかせ』で畏友と呼んだ夏目漱石に直接手渡された、と形容していいように思われる。だが、この「二事」は漱石にとって「嬉しきもの」どころか、子規が思いも及ばぬ悲劇的な事件となった。しかし漱石はこの「二事」に出会うことによって漱石になったのだ。

今一つ漱石に手渡されたことがあった。子規は、明治二十四年十二月、寄宿舎から出て一人住まいをし、来客謝絶専心三ヵ月の後、小説『月の都』を書き上げた。幸田露伴の『風流仏』に心酔して、そこに「高尚なるもの」を見て取った子規は『風流仏』のような小説を書くことが目的であった。しかし『月の都』は露伴から好い評価が得られなかった。「僕ハ小説家トナルヲ欲セズ詩人トナランコトヲ欲ス」（明治二十五年五月四日虚子宛書簡）といい、「人間よりハ花鳥風月がすき也」（同五月二十八日碧梧桐宛書簡）といい、落胆から内省が生まれ己れの天分を見定めようとする子規が見える。

子規は芸術としての俳句短歌に強い危機意識を持っていた。短詩型ゆえに使われるべき言葉が限られること、また文明化された社会で「俗」なるもの「陋」なるものが現出し「雅」なるものを詠み歌ふ俳句短歌ではいかんとも出来ないだろう、と子規は考えていた。「新ナラントス」ということが難しいのである。むしろ「俗」、「陋」を表現する小説の方が文明社会には向いているだろう。だが子規は「人間よりハ花鳥風月がすき」であった。漱石も「人間よりハ花鳥風月がすき」だったのであるが、若年期の経験が漱石を「小説家たらむ」とする道を歩ましめることになる。そこに「洋行」と「意中の人を得」んとする問題が絡まって来る。子規が「雄飛の心」を抱いて従軍しようとしていた頃、漱石は雌伏の時に耐えていた。

十五

病は帰国の船中で起こった。子規は従軍中の無理が祟って、喀血したのである。船中では血を吐き出す器もない。子規は止むを得ず尽く呑み込んだ。明治二十二年以来の喀血であり、この年に子規の賦した「喀血歌」に「喀血又た喀血　喀血して竟に輟まず」とあるように多量の血を吐いた。

神戸港で降り、子規は人力車で病院に向かうつもりであった。肩にかばんを掛け、右手にかなり重い行李を提げ、左手で杖をついた。喘ぎ喘ぎ子規は歩こうとしたが、歩くたびに血を喀いた。

子規は神戸病院に二ヵ月病臥し須磨で療養した。それから故郷の松山に向かった。松山には漱石がいた。漱石はいう、

《僕が松山に居た時分、子規は支那から帰つて来て僕のところへ遣つて来た。自分のうちへ行くのかと思つたら、自分のうちへも行かず親族のうちへも行かず、此処に居るのだといふ。僕が承知もしないうちに、当人一人で極めて居る。御承知の通り僕は上野（注、松山の二番町の上野老夫婦の家）の裏座敷を借りて居たので、二階と下、合せて四間あつた。上野の人が頻りに止める。正岡さんは肺病ださうだから伝染するといけないおよしなさいと頻りにいふ。僕も多少気味が悪かつた。けれども断はらんでもいゝと、かまはずに置く。僕は二階に居る、大将は下に居る。》（談話「正岡子規」）

子規は何でも「大将」や「先生」にならなければ承知しない男であった。猛烈な「大将」「先生」振りであった。亡友子規を語る漱石の別の談話にも子規を「大将」「先生」と何度も呼んでいる。（談話「僕の昔」）

漱石は松山での二人の生活から二人の友情の思想性に及ぶ。

《頻りに僕に発句を作れと強ひる。其家の向うに笹藪（ささやぶ）がある。あれを句にするのだ、えゝかとか何とかいふ。こちらは何ともいはぬに、向うで極めてゐる。まあ子分のやうに人を扱ふのだなあ。》（談話「正岡子規」）

《妙に気位の高かつた男で、僕なども一緒に矢張り気位の高い仲間であつた。ところが今から考へると、両

方共それ程えらいものでも無かつた。といつて徒らに吹き飛ばすわけでは無かつた。当人は事実をいつてゐるので、事実えらいと思つてゐたのだ。教員などは滅茶苦茶であつた。同級生なども滅茶苦茶であつた。非常に好き嫌ひのあつた人で、滅多に人と交際などはしなかつた。僕だけがどういふものか交際した。一つは僕の方がえゝ加減に合はして居つたので、それも苦痛なら止めたのだが、苦痛でもなかつたから、まあ出来てゐた。こちらが無暗に自分を立てようとしたら迚も円滑な交際の出来る男ではなかつた。》(「同上」)

漱石と子規を結びつけていたのは「気位の高」さであった。二人の野心は、「教員」でも「同級生」でも誰でも彼でも「吹き飛ば」した。二人に師はいなかったのだ。漱石は先に引いた「談話『僕の昔』」の中で、子規を「孤峭（注、心がきびしく、世俗とは合わないこと）な面白い男だつた」といっている。「孤峭」だが「面白い」ではない。「孤峭」で「面白い」と続くのだ。

子規は漱石に「何でも打ち明けた」ようだ。されば漱石はどうか。漱石も子規に多く打ち明けたようだが、先の「二事」は胸中に秘めた。漱石もまた「孤峭」であった。

子規は全集にして二十巻にも及ぶ文章を書いて死んだが、漱石は子規が死んだ時には、書いた作品は無きに等しかった。子規は書きたいことを書いて死んだが、漱石は何を書いていいかまだ知らなかった。

漱石がイギリス留学中、子規はある夜、門下生赤木格堂に漱石のことを物語る。子規は「語気頓に昂奮し」たという。赤木格堂は「子規先生の病床の口吻をなるべく傷つけない様に」と注意しながら振り返る。

子規は宿痾に犯されて、もう立てなかった。

《君なあ、僕の親友に夏目といふ才物があるがどうも本人に野心がないのに困るんだ。執着心が頓とないのでなあ。今熊本の高等学校から英国へ留学さゝれて居るが英文学では日本に二人とあるまい、俳句を作つても超然として他の群と趣を異にしてる。（中略）

申し分のない素養もあり、随分読書もやり、異つた頭でもあり確かに一方の雄であるが、惜い事には本人に野心といふものがないんで困る。生徒が服従するのが嬉しくつて納まりかへるなどは余りに老人ぢみてる、村夫子ぢみてるぢやないか。其処で僕はいつか三間（注、一間は約一・八メートル）余りもある長い手紙を書いて大に野心を煽つたものだ。僕は平生「日蓮」を崇拝して居るから頻りに日蓮の奮闘振りを詳しく書いて大に野心を起し、大に創作を出し、熊本の様な田舎を捨て、早く中央へ帰らねば本統でないと力説した所が、其れが君大に漱石の癪に障つてなあ。長い長い返事を寄来して日蓮主義を罵倒し、「僕は偉い人間になり度くはない、創作を出す計りが文学者ではない。自分は低級な作者たらんよりは高級な読者となりて文学者の生涯を送る積りだ。学校に置いて呉れさへすれば死ぬる迄も熊本に居度い。東京へは帰り度くない」と。どうも変人で野心がないから困る、執着がないから蘊蓄を持ち乍ら埋れ木になつて仕舞ふ。今度漱石が英国へ留学さゝれたのは大学にも流石に眼の見える人が居たんだね。漱石が之に応じて出掛ける様に進化したのも不思議だよ》（「漱石と子規」）

漱石に「野心」がなく「執着心」がなかったどころではない。子規に「英文学では日本に二人とあるまい」といわれた男は十年来続けて来た英文学研究に深刻な悩みを伴いつつ独りで「奮闘」していたのだ。全集には収録されていない、漱石の「野心を煽つた」、この子規の「長い手紙」は漱石の「孤峭」に痛く触れた。「日蓮」や「日蓮主義」は、僕らは『こころ』の中で「偉」くなろうと「精進」し、その「精進」の一語で形容される、「K」という人物とともに今一度思い出すことになる。

十六

漱石は子規の描いた絵を一枚だけ持っていた。ある日、ふと思い立って、その絵と、子規が最後に漱石に寄越した手紙と明治三十年九月六日付けの短い手紙を、絵を中間に挟んで表装させた。子規歿後十年になろうとする、明治四十四年のことであった。その絵には一輪花瓶に挿した東菊（あずまぎく）が描かれていた。絵には一首の歌が書かれている。

《東菊活けて置きけり火の国に住みける君の帰り来るがね》

歌中の「火の国」は阿蘇山のある熊本を指す。歌は明治三十二年の作である。東菊は四、五月頃花をつけるという。赤木格堂の回想にある「長い手紙」は友を思うての烈しさと厳しさの、歌は友を慕うての切なさと寂しさの、友情に満ちている。東菊の絵を送った子規は漱石とあれやこれや話したかったに違いない。

子規は漱石が英国に「出掛ける様に進化したのも不思議だよ」といっているのは、「長い手紙を書いて大に野心を煽つた」、子規自身のてがらと思っているのかもしれない。そして、それはそうであったように想われる。

明治三十三年英国留学のため上京していた漱石は子規を訪ねた。子規は、その日、熊本時代の漱石の教え子で東京帝国大学の学生であった寺田寅彦に葉書を認めている。七月二十四日の消印である。

《今朝ハ失敬、今日午後四時頃夏目来訪　只今（九時）帰申候寓所ハ　牛込矢来町三番地字中ノ丸丙六〇号》（傍点引用者）

この葉書の写しが、講談社版『子規全集』第十九巻に載っている。その写しを見ると、「四時頃」は後から書き足したことがわかる。「只今」まで書き進んで、子規の筆は（九時）と書き、前に戻ったように想われる。漱石は、この日、根岸の子規宅に五時間いたことになる。子規は漱石が「午後四時頃」に来て「九時」に帰ったことを寺田に報知する必要があったのだろうか。それともこのことを子規は書き留めておきたくなったのであろうか。明治三十五年十一月虚子から子規死すの知らせをロンドンで受け取った漱石は虚子に書き送る、「小生出発の当時より生きて面会致す事は到底叶ひ申間敷と存候。是は双方とも同じ様な心持にて別れ候」（明治三十五年十二月一日付）漱石と子規との二人の最後の対話は八月二十六日であったが、七月二十四日の時点でも二人だけの時間は多くないであろうことは二人にはよく知れていたであろう。寺田宛の葉書はあれやこれやいろいろと想われる。

明治三十四年四月に、九日、二十日、二十六日と三度にわたって漱石はロンドンから子規と虚子に手紙を書き送る。雑誌『ホトトギス』の編集者でもあった虚子から原稿の依頼があったためもあったが、病床の子規を慰めるためもあった。子規は大変喜んだ。その一部または全部を「倫敦消息」として『ホトトギス』に子規は載せた。その年の十一月、子規は漱石に手紙を書いた。これが子規の漱石に宛てた手紙の最後となった。この手紙は東菊とともに漱石が表装させたものだ。

《僕ハモーダメニナツテシマツタ、毎日訳モナク号泣シテ居ルヤウナ次第ダ、ソレダカラ新聞雑誌ヘモ少シモ書カヌ。手帋(てがみ)ハ一切廃止。ソレダカラ御無沙汰シテスマヌ。今夜ハフト思ヒツイテ特別ニ手帋ヲカク。イツカヨコシテクレタ君ノ手紙ハ非常ニ面白カツタ。近来僕ヲ喜バセタ者ノ随一ダ。僕ガ昔カラ西洋ヲ見タガツテ居タノハ君モ知ツテルダロー。ソレガ病人ニナツテシマツタノダカラ残念デタマラナイノダガ、君ノ手紙ヲ見テ西洋ヘ往(いつ)タヤウナ気ニナツテ愉快デタマラヌ。若シ書ケルナラ僕ノ目ノ明イテル内ニ今一便ヨコシテクレヌカ（無理ナ注文ダガ）画ハガキモ慥(たしか)ニ受取タ。てふ(という)ノ焼芋(やきいも)ノ味ハドンナカ聞キタイ。不折(ふせつ)ハ今巴里(パリ)ニ居テコーランノ処ヘ通フテ居ルサウヂヤ。君ニ逢フタラ鰹節一本贈ルナド、イフテ居タガモーソンナ者ハ食フテシマツテアルマイ。

虚子ハ男子ヲ挙ゲタ。僕ガ年尾トツケテヤツタ。

錬卿死ニ非風死ニ皆僕ヨリ先ニ死ンデシマツタ。

僕ハ迚(とて)モ君ニ再会スルコトハ出来ヌト思フ。万一出来タトシテモ其時ハ話モ出来ナクナツテルデアロー。実ハ僕ハ生キテヰルノガ苦シイノダ。僕ノ日記ニハ「古白曰来(こはくいわくきたれ)」ノ四字ガ特書シテアル処ガアル。

書キタイコトハ多イガ苦シイカラ許シテクレ玉ヘ。

明治卅四(さんじゅうよ)年十一月六日灯火ニ書ス

東京　子規拝

倫敦ニテ
漱石　兄》

不折は中村不折のことで洋画家だった。明治三十三年から明治三十八年までフランスに滞在した。このとき、一時、「コーラン」ことラファエル・コランに師事した。コランはフランスの画家で、洋画家の黒田清輝、岡田三郎助の師でもあった。不折は後に『吾輩は猫である』の挿画を書いた。

錬卿も非風も子規の友人でともに俳人であった。古白は子規の四歳下の従弟藤野潔のことである。古白は明治二十八年四月子規が従軍中にピストル自殺した。子規は神戸で療養後病軀をおして単独編集して明治三十年五月『古白遺稿』を作った。子規はその中に「藤野潔の伝」を草した。

子規と古白の交際は少時のいさかいから始まった。子規の家を訪ねた少年古白は庭に植えてあった梅の子苗を尽く(ことごと)引き抜いた。子規は怒り古白をたたいた。子規はいう、これより余は古白に近づくことを好まざりき。古白が破壊的性質は到底余と相容れざるを知りたるなり、と。

古白は文学に志を立ててから子規をライヴァルとして進んだ。子規が古白を圧すれば古白はひどく失望し、彼の著せしものを非難すれば古白は子規を恨んだ。子規を古白が嫉むこと尋常ではなかった。病軀の子規の従軍にさえ古白は嫉妬した。一時子規をも驚かせた俳句も月並みに陥り、渾身の力を込めて書いた脚本も世間は冷淡であった。

亡くなる前の古白について碧梧桐は「まともに議論も出来ないとりとめのない言動をしてゐた」とその異様さを追憶している。「私只今は精神くるひ一種の狂人に御座候へども折々は真面目の考も胸に浮びこの書は誠にまじめになりて相認候（あいしたため）」と書いた遺書にいう、「傲慢にして他に愬（うった）ふる事を得為（な）さゝりしの果遂（はて）に愬ふる所なきに至りて茲（ここ）に現世に生存のインテレストを喪ふに畢（おわ）りぬ」。

子規は古白の自殺の原因は四つあるといっている。一つは文学上の失望であり、二つ目は自ら生計を立てられなかったことであった。継母宛の遺書に「生存し居て働かねばならぬとは折りにふれ胸にこたえ候」とある。三つ目は家族に対する配慮である。七歳にして実母を喪った古白の複雑な家庭を子規は考慮して「家族誰一人之を愛せぬは無く親戚朋友誰一人之を憎むは無かりき」と語った。四つ目に子規は熱情を外に発することが出来なかったことを挙げた。熱情の最たるものは愛である。子規はここに多少の秘密もあるべしと書いてそれ以上は伏せた。それを古白の従弟服部嘉香が古白歿後七十一年後の昭和四十一年に語った。古白は継母の妹に惹かれ、失恋したのである。

漱石は後年古白に触れて、お互いに近くにいたから「熱烈な議論」をしたと語った。「精神錯乱で自殺して仕舞つたよ」（談話「僕の昔」）と追想し、歿後一年のとき古白に手向けた句、思ひ出すは古白と申す春の人、を添えた。

十七

話は子規の漱石宛の最後の手紙に戻る。漱石は子規から最後にもらったこの手紙を『吾輩は猫である』の「自序」に全文を引用した。『吾輩は猫である』は上中下の三分冊として順に世に出た。その中篇を発行するに、漱石は子規のことを「序をかくときに不図思ひ出した」というのである。

《余が倫敦に居るとき、亡友子規の病を慰める為め、当時彼地の模様をかいて遥々と二三回長い消息をした。無聊に苦んで居た子規は余の書翰を見て大に面白かつたと見えて、多忙の所を気の毒だが、もう一度何か書いてくれまいかとの依頼をよこした。此時子規は余程の重体で、手紙の文句も頗る悲酸であつたから、情誼上何か認めてやりたいとは思つたもの丶、こちらも遊んで居る身分ではなし、さう面白い種をあさつてあるく様な閑日月もなかつたから、つい其儘にして居るうちに子規は死んで仕舞つた。》(『吾輩は猫である』中篇自序)

《子規はにくい男である。嘗て墨汁一滴か何かの中に、独乙では姉崎や、藤代が独乙語で演説をして大喝采を博してゐるのに漱石は倫敦の片田舎の下宿に燻つて、婆さんからいぢめられてゐると云ふ様な事をかいた。こんな事をかくときは、にくい男だが、書きたいことは多いが、苦しいから許してくれ玉へ抔と云はれると気の毒で堪らない。余は子規に対して此気の毒を晴らさないうちに、とうとう彼を殺して仕舞つた。》(『同上』・傍点漱石)

『墨汁一滴』は明治三十四年一月十六日から七月二日まで新聞『日本』に連載された。漱石が書いているようにこの頃の子規は「余程の重体」であった。寒川鼠骨によれば「明治三十四年に入っては、子規居士は滅切り衰弱してしまって病魔はますます其勢を加へ」た。子規は病床を訪ねた鼠骨に微笑しつつ語った、――「墨汁一滴で書ける位の長さのものを書いて見る積りなのだ、それくらゐの事より、もう出来ないのさ」。『墨汁一滴』の五月二十三日のところに次のようにある。当日の「墨汁一滴」の全文である。

《漱石が倫敦の場末の下宿屋にくすぶつて居ると、下宿屋の上(かみ)さんが、お前トンネルといふ字を知つてるかだの、ストロー（藁(わら)）といふ字の意味を知つてるか、などと問はれるのでさすがの文学士も返答に困るさうだ。此頃伯林(ベルリン)の灌仏会(かんぶつえ)に滔々(とうとう)として独乙(ドイツ)語で演説した文学士なんかにくらべると倫敦の日本人は余ほど不景気と見える。》

トンネルの話もストローの話も『ホトトギス』に載った「倫敦消息」にある。漱石が「倫敦消息」に書いた下宿屋には主人夫婦と夫人の妹が住んでいた。

《此妹は極内気な大人しい而(しか)も非常に堅固な宗教家で、我輩は此女と家を共にするのは毫も不愉快を感じないが、姉の方たるや少々御転だ。此姉の経歴談も聞(きい)たが長くなるから抜きにして、一寸小生の気に入らない点を列挙するならば、第一生意気だ、第二知つたか振りをする、第三詰らない英語を使つてあなたは此字を知つて御出ですかと聞く事がある。一々勘定すれば際限がない。先達てトンネルと云ふ字を知つて居るかと聞た。夫(それ)から straw 即ち藁といふ字を知つて居るかと聞た。英文学専門の留学生もかうなると怒る張合(はりあい)もない。近頃は少々見当が付たと見えてそんな失敬な事も言はない。又一般の挙動も大に叮嚀になつた。是は漱石が一言の争もせず冥々の裡(うち)に此御転婆(おてんば)を屈伏せしめたのである。》

子規は漱石の「不景気」をいろいろと聞いていた。それで子規は漱石を今一度励ましたのである。しかしこの「不景気」の中で書かれた「倫敦消息」の文章には精神の確かな躍動が感じられるのである。漱石固有の精神の弾力性とでもいうべきものが感じられる。子規は碧梧桐に驚異の眼を輝かして言った、素人の筆ではない、もう堂に入っている、と。この「倫敦消息」に、草平は『吾輩は猫である』の萌芽を見ている。子規も同感するであろう。漱石が『吾輩は猫である』の序文に子規のことを「不図思ひ出した」のは漱石の心の素直な遡求である。遡求は、いつも変わらぬ友情が友亡き後にもしかと生きていることを漱石に教えたであろう。

《子規がいきて居たら「猫」を読んで何と云ふか知らぬ。或は倫敦消息は読みたいが「猫」は御免だと逃げるかも分らない。然し「猫」は余を有名にした第一の作物である。有名になつた事が差程の自慢にはならぬが、墨汁一滴のうちで暗に余を激励した故人に対しては、此作を地下に寄するのが或は恰好(かっこう)かも知れぬ。》(『吾輩は猫である』中篇自序)

『吾輩は猫である』は虚子の勧めによって『ホトトギス』に掲載された。虚子は子規が最も愛した弟子であるから、これは子規の縁といってもいいのである。「猫」中篇の自序は次のように続く。子規が歿して五年の月日が流れていた。

《季子(きし)は剣を墓にかけて、故人の意に酬(むく)いたと云ふから、余も亦「猫」を碣頭(けっとう)に献じて、往日の気の毒を五年後の今日に晴さうと思ふ。》(『同上』)

季子（季札）は司馬遷の『史記』の「呉太伯世家」に出て来る。孔子から「至徳」と推戴された人であった。呉の寿夢王には息子が四人あった。寿夢王は四男の優れた季札を次の王にしたいと願うたが、季札は辞退して聞き入れなかった。王位は長男の諸樊が嗣いだ。

《王の諸樊の元年（紀元前五六〇年）、諸樊は寿夢王の喪が明けたあと、季札に位を譲ろうとした。季札は謝していつた、「曹の宣公が亡くなるや、諸侯と曹の国民とは曹君（成公負芻）は正しくないと判断して、子臧（負芻の異腹の兄）を位につけようとしたところ、子臧は立ち去つて、曹君の地位をおびやかしませんでした。それで君子は『よく節操を守つたものだ』と称賛いたしました。わが君（諸樊）はお世継ぎたるべき方（嫡子）でいらせられ、誰があえてわが君に逆らいたてまつりましょうや。この国をわが物とすることは、わたくしの節義に背きます。わたくしは不敏ではありますが、子臧の道義を学びたいものと願っております。」呉の国民はつよく季札をたてようとしたけれども、季札が自分の家を棄てて農業に従事するようになつたため、彼をそのままにすることにした。》

季札は前五四八年に呉の町の延陵に封ぜられた。よって「延陵の季子」と「子」の尊称をつけて呼ばれた。ある年季子が使者として旅立った。

《北の徐の国の君主を訪れた。徐の君主は季札の剣を欲しいと思つたが、あえて口には出さなかつた。季札は内心その意を察したが、上国（天子の都に近い国々）に使いするには剣を佩びている必要があるため、献上はしなかつた。彼が戻つて来て徐に着いた時、徐の君主はすでに死んでいた。そこで彼はその宝剣を体から解いて、徐の君主の墓の側の木の枝に掛けて、立ち去つた。彼の従者が尋ねた、「徐の君はもはやお亡くなりになりました。それになおどなたにお贈りになるのです。」季子はいつた、「いいや。はじめからわたしは内心差し上げようときめていた。亡くなられたからとてわたしの心に背けようか。」——季子曰く、然らず、始め吾心に已に之を許せり、豈死を以て吾が心に倍かんやと。》

漱石は季子が好きであった。漱石は生涯四度季子のことに触れたが、すべて「季子の剣」としてであった。まづ明治三十年四月に「正岡子規に送りたる句稿　その二十四」の「剣五句」の一つに「春寒し墓に懸けたる季子の剣」がある。二度目が明治三十九年十一月四日と日付の入った『吾輩は猫である』中篇の「自序」である。そして三度目は、英国留学の所産である『文学論』で「季子の剣」を採り上げた。

漱石は『文学論』の出版に当たって、万事を大学の教え子中川芳太郎に依頼した。明治三十九年十一月十一日の虚子宛の手紙に、

《今日は早朝から文学論の原稿を見てゐます中川といふ人に依頼した処先生頗る名文をかくものだから少々降参をして愚痴たらたら読んでゐます。

今四十枚ばかり見た所（後略）》

漱石は『吾輩は猫である』中篇の「自序」を書いてわずか七日で『文学論』の原稿に眼を通し始めたこと

になる。『文学論』第二篇第二章「感情固執法」の「約束」のところに、

《昔季子剣を贈ると約して還れば其人既にあらず。即ち剣を約せし人の墓にかけて去りぬと。剣を墓にかくるも何等の効あらざるべし。されども彼の情緒が友の死後に於ても生前に於けるが如く約束の履行を彼に促したるが故にかゝる挙動に出しのみ。》（傍点引用者）

とある。ここにある「友」は、徐の君主というのは当るまい。漱石は子規のことを考えていたように想われる。『文学論』もまた子規の墓に懸けられた「季子の剣」であったろう。

漱石の触れた四度目の「季子の剣」は第七章において触れる。

十八

明治四十一年の談話「処女作追懐談」で漱石は来し方を振り返った。そして「処女作追懐談」は次のように終っている。

《何しろそんな風で今日迄やつて来たのだが、以上を総合して考へると、私は何事に対しても積極的でないから、考へて自分でも驚ろいた。文科に入つたのも友人のすゝめだし、教師になつたのも人がさう言つて呉れたからだし、洋行したのも、帰つて来て大学に勤めたのも、『朝日新聞』に入つたのも、小説を書いたの

も、皆さうだ。だから私といふ者は、一方から言へば、他が造つて呉れたやうなものである。》

ここに話されたことの総てが子規と関わっている訳ではない。例えば「文科に入つた」のは、友人米山保三郎の勧めだし、英国から帰国後「大学に勤めた」のは、友人大塚保治の斡旋であった。しかし、今まで書いて来たように、漱石という大樹の年輪には、子規との歳月が実にはっきりと鮮やかに遺されているのである。子規の東菊と二通の書信の表装は、自己の形成に当たっての子規の大きさと友情に対しての、漱石の自覚的感謝の表現であった。

（付記）

・漱石の漢詩、漢文の読みは、岩波の『漱石全集』の「注」によった。子規の漢文「『木屑録』の冊尾に書かれた総評」も『漱石全集』のものを用いた。つまり、漱石、子規の漢文は湯浅廉孫の読みで、漱石の漢詩は吉川幸次郎の読みである。

・『史記』の現代語訳は岩波文庫を用いた。小川環樹・今鷹真・福島吉彦訳である。但し、書き下しは有朋堂書店発行の『漢文叢書』「史記第二」（大正九年発行）によった。

その二――三山との友情

一

漱石の友情を考える上で忘れてはならない人が、正岡子規以外にもう一人いる。三山池邊吉太郎である。

学生生活を卒え社会に出てから、新たに友情の世界をつくることがいかに難しいかは、私たちの生きて知ることである。

漱石は『思ひ出す事など』の中で、「われは常住日夜共に生存競争裏に立つ悪戦の人である」といった。『それから』にもあったように、西欧諸国との交際は日本人の日常にも苛酷を強いた。そういう苛酷な日常の中で、『それから』の主人公の代助が言った、「互に凡てを打ち明けて、互に力に為り合ふ様なことを云ふのが、互に娯楽の尤もなるものであつた。この娯楽が変じて実行となつた事も少なくないので、彼等は双互の為めに口にした凡ての言葉には、娯楽どころか、常に一種の犠牲を含んでゐると確信してゐた」という現実を生きることがどれほど困難であることか。他をおしのけることこそすれ、「犠牲」になることなど、およそ「常住日夜共に生存競争裏に立」たなくてはならぬ「悪戦の人」である我々には考えられぬ。そういう我々の社会生活に友情の世界は開展し得るのか。漱石と三山の「人格」の触れ合いは、それをなした稀有な一例である。

朝日新聞に入社するに当たって漱石は新聞に「入社の辞」（明治四十年五月三日掲載）を発表した。その末尾に、「人生意気に感ずとか何とか云ふ。変り物の余を変り物に適する様な境遇に置いてくれた朝日新聞の為めに、変り物として出来得る限りを尽すは余の嬉しき義務である」（傍点引用者）と締めくくった。この、原稿用紙六枚程の文に三山の名は出て来ないが、「人生意気に感ず」という時、三山のことが漱石の念頭にあったことは間違いない。

二

三山は熊本藩の儒家の家に生まれた。文久四年（一八六四）である。三山は漱石より三歳の年長である。三山の父池邊吉十郎は明治十年（一八七七）の西南戦争の時に熊本隊を率いて薩摩軍に投じ、後に斬刑に処せられた。三山、十四歳の時である。幼少時に家長を亡くした者がどれほどに辛苦を重ねるかは今でも間々見られることである。後に（昭和二十六年）出版された三山集『巴里通信他』の編者宮部敬治――宮部は三山指導下の東京朝日の班末に列して記者生活を送った人である。――は「それより具さに辛酸を嘗め、為めに老成重厚の風を長じた」と述べている。

三山は、明治二十五年、『日本』新聞の発刊時に、その客員となった。当時「日本」には子規がいた。明治二十六年細川家世子護成の補佐となり、護成に随って巴里に留学した。ほどなく日清戦争が勃発し、三国干渉を知ることになる。「巴里通信」が新聞「日本」に連載されたのは明治二十八年であった。明治二十九年に帰朝した三山は大阪朝日の主筆に迎えられ、翌三十年東京朝日主筆に転じた。先の宮部は社中の空気を次のように回想している、――「三山氏統率下の寛濶簡浄なる社中の空気を呼吸して、現世上亦斯くの如き快活の境地あるかと驚いた」。

三山歿後、その論敵であった徳富蘇峰は――談話のせいか冒頭の部分の文意がやや通じ難いが――「池邊君が朝日新聞の主筆となられてからは日本に於ける新聞論説の一品と云つても宜い、新聞界の言論は池邊君に依りて一段の重きを加へた、池邊君は天成の新聞記者で、如何なる場合にも第三者の態度を失はなかつた、極めて感情の高い人で、好き嫌ひ、贔屓不贔屓もあつたらうが、如何なる場合にも第三者の立脚地を忘れなかつた、（中略）文章が巧かつた、池邊君は漢文の素養もあり横文字も読めた、殊に家学の修養があつたので其文才は先天的と云つても宜い、その文のスタイルは何でも書けたが、晩年に於ては調子とか語呂とかに頓着せず、専ら達意を主とするスタイルを発明して池邊一流の文体を成した（後略）」と談じた。

この蘇峰の、「極めて感情の高い人で」という三山理解は三山を知っている人の言と想われる。「好き嫌ひ、贔屓不贔屓もあつたらう」とは、この「極めて感情の高い」ことから来ているだろう。

次の文章は先の三山集から採った。明治四十三年七月二十三日の日付が入っている。死の一年半前の文章である。

《人の行為には多少の冒険の性質を含まざるはあらず。生活てふ事その事さへも、或は冒険と謂はゞ謂ふ可し、何となれば人壽の脩短（注、脩は長いの意）不定なればなり、而して何時死するか知る可らざる命を、何時までも生きんとする事その亊が、既に根本に於て冒険と謂ふを得べければなり。故に冒険の行はれざる国は死国なり。活国は則ち冒険を以て活く。而して其冒険の力の大なるだけ其れだけ其活力の大を加ふ。

故に人生の道徳には、冒険てふ一信条を加ふるの必要もあるなり。見て以て絶対的必要をなす亦可なり。冒険の気象を有せざる人は、死人に近き人なり、冒険の気象を有する人を有せざる国は、則ち死国と相距る遠からぬ国となる。又冒険の進取敢為には、勢ひ其間に競争を生じ、或は個人間の競争となり、或は国際上の競争とも為る事なるが、利己を以て他を排擠せざる限り、此争ひや君子の争ひなり、士人の争ひなり、此争ひの味はひを知らざるは、今の世に於て寧ろ殆なし。

戦争てふ大冒険にては、日本は一たびナポレオンを破りし露国を破りて、活国中の一活国となりたれば、此活国中に更に世界的冒険を企つる活人もがなと思ひ居たる中、白瀬中尉の南極探険てふ一事業こそ始まつたれ。而して此事業は、一面に於てシャクルトンの後を承たる英国のスコット大佐と競争の地に在るものなり。吾人いかでか長く賛襄（注、助力して成就させること）を躊躇す可き。（中略）然るに人或は同情を躊躇するもの有り、曰く白瀬中尉は果して成功す可きや否やと。吾人は殆ど答ふる所を知らざるなり。成功の確実なる事業ならば、以て冒険的と為す可らざると共に、又同情を値せざるに非ずや。同情は冒険的なればこそなり。而して冒険は同情に由りてこそとも謂ふ可きにあらずや。》

三山の「老成重厚」さの中に、この文に見られるような精神の若さと高さがあった。蘇峰が三山について「感情の高い人」という時、この精神の高さに無縁ではなかろう。「日本は……活国中の一活国となりたれば、此活国中に更に世界的冒険を企つる活人もがなと思ひ居たる中、白瀬中尉の南極探険てふ一事業こそ始まつたれ」という文の格調は『平家物語』を思い起こすようである。蘇峰は三山の文を「日本に於ける新聞論説の一品と云つても宜い、新聞界の言論は池邊君に依りて一段の重きを加へた」と言った。

三

『吾輩は猫である』を書き、『漾虚集』を出版し、『坊っちゃん』『草枕』と続けて発表した漱石に、寄稿の依頼が相次いだ。漱石は時間と精力を奪われる大学の講義に嫌気が差していた。漱石の中に、創作し、それを発表して生きて行きたいという思いが沸々としていた。明治三十八年五月九日付けの手紙に、

《小生教師なれど教師として成功するよりはヘボ文学者として世に立つ方が性に合ふかと存候につき是からは此方面にて一奮発仕る積に候》（村上霽月宛）

と書いていた。同年九月十七日の高濱虚子宛の手紙に、

《とにかくやめたきは教師、やりたきは創作。創作さへ出来れば夫丈で天に対しても人に対しても義理は立つと存候。自己に対しては無論の事に候。》

漱石が池邊三山のことに初めて触れたのは明治三十九年三月『文章世界』に載った談話「余が文章に裨益せし書籍」の中であった。「国文」では太宰春台の『独語』、大橋訥庵の『闢邪小言』などをあげて「一体に漢学者の片仮名ものは、きちきち締つてゐて気持がよい」と言い、「漢文」では「徂徠一派の文章」が「簡潔で句が締つてゐ」て、また「安井息軒の文は今も時々読むが、軽薄でなく浅薄でなくてよい」と語った後

に、次のように三山に触れている。

《また、明治の文章では、もう余程以前のことであるが、日本新聞に載つた鐵崑崙（てつこんろん）といふ人の『巴里通信』を大変面白いと思つた。其頃ひどく愛読したものである。因（ちなみ）に云ふが、鐵崑崙は今の東京朝日の池邊氏であつたさうである。》

四

そうして、それから一年ほど経った明治四十年二月二十日、当時文科大学の国文科の学生であった坂元雪鳥（せっちょう）（当時白仁三郎）が「東京朝日」の使者として書状で漱石に面会を求めて来た。雪鳥は東京朝日の月曜文壇の欄に三つ四つの変名を使い分けながら短い文章を書いていた。二月に入ったとき、雪鳥は、初めて東京朝日の主筆池邊三山に会い、漱石の意向を確認するように頼まれていた。雪鳥は熊本第五高等学校の時の漱石の教え子である。東京朝日の編集部長渋川玄耳（げんじ）も、昔熊本第六師団法官部に勤務していた頃、寺田寅彦、雪鳥とともに漱石の運座に参加している。

漱石は二月二十二日に雪鳥に返事を認（したた）めた、「只今ある仕事に追はれ其方を一日も早く片づけねばならぬ故日曜の十一時と十二時の間に御出被下（くだされ）候へば好都合に存候」。漱石は雪鳥の用向きを全く知らなかった。この時、漱石は英国留学の研究成果のひとつである『文学論』の校閲の只中にあって多忙であった。雪鳥宛の手紙に「只今ある仕事に追はれ」とは『文学論』の校閲をいう。

漱石が雪鳥に会ったのは、二月二十四日の「日曜」である。漱石は、確答は避けたが、熟考を約した。雪鳥は始め「朝日」の名は出さなかった。大学も高等学校も辞めることが出来るか、洋行（イギリスへの官費留学）に対する大学在職の義務年限の有無、読売新聞との絶縁の可否などを確認した後に、「朝日」の名を出したといふ。朝日は漱石の独占を狙っていた。

当時、留学の二倍の年数を大学で教えれば義務は果たせた。漱石の場合は留学二年の倍の四年を明治四十年の三月に終えることになっていた。

読売新聞は、三叉竹越與三郎が主筆となって、漱石獲得に乗り出した。竹越與三郎は自ら漱石宅に交渉に出掛けたと、当時読売新聞に籍があり、竹越の命を奉じて漱石を訪ねたこともある正宗白鳥が書いている（「夏目漱石論」）。明治三十九年十一月二十日の読売新聞紙上に、「今般竹越與三郎氏を本社の主筆に聘して編輯一切の事務を委託し……」という「社告」が載り、すぐ左隣に「夏目漱石君」とあり、「夏目漱石君が文壇の新星にして、其光芒燦爛、四方を照らすの慨あるは、縷説するを要せず。我社、幸に同君に請ふて特別寄書家たるの約諾を得たる……」と宣伝されている。同工異曲の宣伝文が同年の十二月十六日、三十一日にも掲載されている。

しかし、漱石のこころは読売にはさほどの傾きを示してはいない。漱石のことが読売新聞紙上に宣伝される四日前の十一月十六日付けの漱石の書簡に「竹越氏は政客である。読売新聞と終始する人ではなからう。（中略）竹越氏が如何に勢力家でも如何に僕に好意を表しても全然方面の違ふ文学者を生涯引きずつてあるく訳には行かぬ」（瀧田哲太郎宛）とあるのでもわかる。漱石は、国民新聞の記者であったこともあり、今は衆議院議員である竹越與三郎に信を置くことができなかった。「特別寄書家」が「好意を表して」くれた竹越への精一杯の返礼であったろう。『文学論』の長文の「序」を明治三十九年十一月四日に掲載したのも、白鳥は漱石の読売に対する「寸志」と見るべきだと断っている。四十年一月に読売に「作物の批評」と「写生文」という、わりに長い論文を漱石が書いたのも「寸志」の域を出ないであろう。しかし、それは外部のものにはわからぬことであるから、朝日としては漱石と読売の関係は当然確認すべきことであった。

さて、漱石と雪鳥の会見に戻る。この会見は「短時間」であったという。——雪鳥は「少しも早く引揚げる必要性に迫られてゐた。」漱石の家と同じ西片町十番地に、朝日新聞に在籍していた二葉亭四迷が住んでいた。

《其処には朝日の通信部長といふやうな位置だつた弓削田精一氏と社会部長の渋川玄耳氏とが集つて、私の齎らす報告を待ち焦れてゐたのであつた。》（坂元雪鳥「『漱石入社前後』について」）

この漱石招聘の件は朝日内部でも知っているものは少数で、二葉亭四迷もこの時初めて知ったという。雪鳥の感触は「有望」であった。二葉亭も「驚き喜ん」だという。以上は昭和十年十二月の「『漱石入社前後』について」からだが、昭和十二年二月の「漱石先生を打診した日」では、雪鳥は、まず東京朝日の社屋に戻り三山に報告したことになっている。

三月四日、漱石は雪鳥に長い手紙を書いた。

《拝啓先日は御来駕失敬致候其節の御話しの義は篤と考へたくと存候処非常に多忙にて未だ何とも決せざる

うち大学より英文学の講座担任の相談有之候。因つて其方は朝日の方落着迄待つてもらひ置候。而して小生は今二三週間の後には少々余裕が出来る見込故其節は場合によりては池邊氏と直接に御目にかゝり御相談を遂げ度と存候。》

ここに「池邊氏」とあるから、雪鳥は、漱石を朝日へ招聘しようとしているのが三山の意向であることを伝えていたことになる。漱石は三山との不思議な縁を感じただろう。「池邊氏と直接に御目にかゝり」と書くとき漱石には若年の時「ひどく愛読した」、「巴里通信」の文章が浮かんでいただろう。その文は「軽率でもなく、浅薄でもなく」、「きちきちと締つてゐて気持がよい」ものであつたろう。

続けて漱石は己の将来を創作に打ち込むべく、これからの仕事の総体を知ろうとする。雪鳥への手紙は続く、

《然し其前に考の材料として今少し委細の事を承はり置度と存候。

一　手当の事　其高は先日仰の通りにて増減は出来ぬものと承知して可なるや

それから手当の保証　是は六やみに免職にならぬとか、池邊氏のみならず社主の村山氏が保証してくれるとか云ふ事。

何年務めれば官吏で云ふ恩給といふ様なものが出るにや、さうして其高は月給の何分一に当るや。

小生が新聞に入れば生活が一変する訳なり。失敗するも再び教育界へもどらざる覚悟なればそれ相応なる安全なる見込なければ一寸動きがたき故下品を顧みず金の事を伺ひ候

次には仕事の事なり。新聞の小説は一回（年に）として何月位つゞくものをかくにや。それから売捌の方から色々な苦情が出ても構はぬにや。小生の小説は到底今日の新聞には不向と思ふ夫でも差し支なきや。尤も十年後には或はよろしかるべきやも知れず。然し其うちには漱石も今の様に流行せぬ様になるかも知れず。夫でも差支なきや。

小説以外にかくべき事項は小生の随意として約どの位の量を一週何日位かくべきか。

それから学校をやめる事は勿論なれども論説とか小説とかを雑誌で依頼された時は今日の如く随意に執筆して然るべきや。

それから朝日に出た小説やら其他は書物と纏めて小生の版権にて出版する事を許さる丶や

小生はある意味に於て大学を好まぬものに候。然しある意味にては隠居の様な教授生活を愛し候。此故に多少躊躇致候。御迷惑とは存じ候へど御序の節以上の件々御聞き合せ置被下度候。尤も御即答にも及ばずもし池邊氏に面会致す機会もあらば同氏より承はりてもよろしく候。先は用事のみ　艸々》

ここにある「ある意味にては隠居の様な教授生活を愛し候」とあるのを読むと、『文学論』の読者はそこに漱石が訳し載せた、Mentelli というハンガリー人の略伝を思い出すだろう。

《此人は言語学者にして、又数学者を兼ね、別に定まれる目的もなく、只学問の楽を求め、其知的欲望を充たさんがため其一生を学業に献じたりと云ふ。巴里市の下等宿に居を置きしが、これとても慈善的に貸し与へられしものなりと云ふ。彼は絶対的に必要なるものの外全ての支出を廃して其経費を節約したり。されば書籍を購ふ費用をのぞきては、彼の生活費は一日七スーに過ぎず、其内三スーは食費にして四スーは灯料なりき。彼は日に二十時間連続的に読書し、一週に一日数学の授業をなし、これにて其少額の生活費を弁じ得たり。彼の要するところは水、馬鈴薯、（これはランプの上にて料理せる由）及び油と粗末なる褐色のパンの四品のみなりき。彼は大形の荷物箱を室内に置き、昼は此内に、毛布或は藁にて包みし足を入れ、夜はこれを寝室に用ゐたり。古びたる臂掛椅子、食卓、瓶、錫壺及び無雑作に凸形に曲げたる錫の片――彼の灯器となることあり――の外、彼は何等の道具を有せざりき。又洗濯代を節約せんがため彼は一切襯衣を着けず、兵営より購ひ来りし兵士の着古し、南京木綿製の股引、毛皮の帽、巨大の木靴は彼の衣類の全部なりき。一八一四年、聯合軍の砲弾其宿所のあたりに墜落したれど、遂に彼を動かすことあらざりき。巴里に虎列刺病初めて流行したる時、彼の不潔なる室に清潔法を行はんとて、暫時其読書を中止せんことを申入れしが、到底命を用ゐる様子あらざるを以て遂に武力をかりてこれを断行したりと伝ふ。如此一意専心、恨むこともなく、幸福なる三十年を一日の病もなく生存したるが、一八三六年十二月二十二日、例によりて Seine の河に水くみに出で行き、如何なる廻り合せにや、足場を失ひ、折悪しく水嵩増したる河中に落ち、遂に無残の溺死をとげたりき。Mentelli は著書を公にすることあらざりしかば其多年の研鑽の結果は彼と共に全く消え果てたり。》

漱石は、知的関心は激烈なる感情を生じさせることはないと断りながら、「意外なることとあるがごとし」、また「かくのごとき例は例にならざる例なり。すなはち例外なり」として右の文を、フランスの人類学者ルトゥルーの著書『感情の生理』から引いている。

Mentelliの「日に二十時間連続的に読書」するという、「只学問の楽を求め、其知的欲望を充たさんがため其一生を学業に献じ」、「書籍を購ふ費用をのぞきては」、食事と光熱費のみの生活をおくった人生は、留学期間の長短、パリとロンドン、十九世紀、二十世紀の違いはあるが、ほとんど漱石の留学生活を思わせる。漱石自身が我がことのようにMentelliの略伝を読んだに違いない。「今度の下宿は頗るきたなく候へども安直故辛抱致居候可成衣食を節して書物丈でも買へる丈買はんと存候故非常にくるしく候」（妻鏡子宛書簡・明治三十三年十二月二十六日）と述べたロンドン留学を回想して、漱石は後年、『道草』（大正四年）の中でふれている。文中の健三は漱石である。

《其建三には昼食を節約した憐れな経験さへあつた。ある時の彼は表へ出た帰掛に途中で買つたサンドヰツチを食ひながら、広い公園の中を目的もなく歩いた。斜めに吹きかける雨を片々の手に持つた傘で防けつゝ、片々の手で薄く切つた肉と麺麭を何度にも頬張るのが非常に苦しかつた。彼は幾たびか其所にあるベンチへ腰を卸さうとしては躊躇した。ベンチは雨のために悉く濡れてゐたのである。

　ある時の彼は町で買つて来たビスケツトの缶を午になると開いた。さうして湯も水も呑まずに、硬くて脆いものをぼり〳〵噛み摧いては生唾の力で無理に嚥み下した。

　ある時の彼はまた馭者や労働者と一所に如何はしい一膳飯屋で形ばかりの食事を済ました。其所の腰掛の後部は高い屏風のやうに切立つてゐるので、普通の食堂の如く、広い室を一目に見渡す事は出来なかつたが、自分と一列に並んでゐるもの丶顔丈は自由に眺められた。それは皆な何時湯に入つたか分らない顔であつた。》

Mentelli に帰国の義務があったかどうかは判らぬが、漱石は官費の留学であったのだから、『文学論』「序」にいうように、「余は日本の臣民たり。（中略）本国を去るの挙に出ずるあたはず」という強い思いでいた。「多年の研鑽の結果」を「公にする」義務があり意志があった。Mentelli のように、世に何も残さず「全く消え果てたり」という結果に終わることは死んでも死に切れぬ思いでいた筈だ。『文学論』は、漱石がこれを「多年」と呼ぶかどうかは別にして苦心の「研鑽の結果」の一つであった。

さて、漱石の雪鳥宛の手紙にもどる。漱石はこの手紙の末尾に、会談の名残とも取れる追伸文を添えた。

《大学を出て江湖の士（注、民間の人）となるは今迄誰もやらぬ事に候夫故一寸やつて見度候。是も変人たる所以かと存候》

二月二十四日の会見で雪鳥は漱石の朝日入社が「有望」である感触を得ていたが、「大学を出て江湖の士となるは今迄誰もやらぬ事」だから「一寸やつて見」たくなったという文言は確かに漱石のかなり前向きな心の傾きが見て取れる。それにしても、教え子を使者にたてたのは成功であったと思われる。漱石は自分が「変人」たることを雪鳥に語ったであろう。「是も変人たる所以かと存候」の一文には二人の会見の様が見えるようである。

五

雪鳥が漱石のところを訪ねる八ケ月前の明治三十九年六月、漱石は談話「落第」の中で、自己の「変人」たるに触れていた。

《前に云つた様に自ら落第して二級を繰返し、そして一級へ移つたのであるが、一級になるともう専門に依つてやるものも違ふので、僕は二部の佛蘭西語（フランス）を択（えら）んだ。二部は工科で僕は又建築科を択んだがその主意が中々面白い。子供心に異（おつ）なことを考へたもので、其主意と云ふのは先（ま）づかうである。自分は元来変人だから、此儘（このまま）では世の中に容（い）れられない。世の中に立つてやつて行くには何うしても根抵から之を改めなければならないが、職業を択んで日常欠くべからざる必要な仕事をすれば、強ひて変人を改めずにやつて行くことが出来る。此方が変人でも是非やつて貰はなければならない仕事さへして居れば、自然と人が頭を下げて頼みに来るに違ひない。さうすれば飯の喰外れはないから安心だと云ふのが、建築科を択んだ一つの理由。それと元来僕は美術的なことが好（すき）であるから、実用と共に建築を美術的にして見ようと思つたのが、もう一つの理由であつた。》（傍点引用者）

漱石の中で「変人」たる自己が一個の客観物と化していた。「変人」たる自己を見ていう、――「中々面白い」。

「変人」については朝日入社後の明治四十一年の九月にも繰り返される。漱石は「変人」たる自己とは随分永い付き合いであった。十五、六歳の頃に遡る、という。

《よく考へて見るに、自分は何か趣味を持つた職業に従事して見たい。それと同時にその仕事が何か世間に必要なものでなければならぬ。何故といふのに、困つたことには自分はどうも変物である。当時変物の意義はよく知らなかつた。然し変物を以て自ら任じてゐたと見えて、迚も一々此方から世の中に度を合せて行くことは出来ない。何か己を曲げずして趣味を持つた、世の中に欠くべからざる仕事がありさうなものだ。――と、その時分私の眼に映つたのは、今も駿河台に病院を持つて居る佐々木博士の義父だとかいふ、佐々木東洋といふ人だ。あの人は誰もよく知つて居る変人だが、世間はあの人を必要として居る。而もあの人は己を曲ぐることなくして立派にやつて行く。それから井上達也といふ眼科の医者が矢張駿河台に居たが、その人も丁度東洋さんのやうな変人で、而も世間から必要とせられて居た。そこで自分もどうかあんな風にえらくなつて行きたいものと思つたのである。》（「処女作追懐談」・傍点引用者）

ここにいう「変人」「変物」は、世間と何か同調しがたき狷介な人を指すとも取れるであろうが、漱石が同じ「処女作追懐談」の中で「これこそ真性変物」と呼んだ、友人米山保三郎を「同人の如きは文科大学あつてより文科大学閉づるまでまたとあるまじき大怪物に御座候」（明治三十年六月八日斎藤阿具宛書簡）と書くとき、「変人」「変物」たる所以はその器の大きさ故に、世の中に自己を表現することの難きに由来しているということになる。さらにいえば、世間はどうしてもそういう「変物」を必要としている。「根柢」を改めようとしない「変人」は世の中にどうしても必要である。こういうことになれば、「変人」「変物」は全然別種の意味に逢着していることになるだろう。漱石がいう「変物の意義」はそれを指す。

六

ともかく、漱石の朝日入社は、「大学を出て江湖の士となるは今迄誰もやらぬ事に候夫故一寸やつて見度候」という漱石の「変人」性にかかっていたが、生活に「相応なる安全なる見込」がなければ「動きがたい」のも家族を持つものとしては当然であった。このとき鏡子夫人は五人目の子を身籠っていた。また、如何ともしがたきことがあるのを朝日は分かってくれているのかという不安が漱石にあった。――「其うちには漱石も今の様に流行せぬ様になるかも知れず。夫でも差支へなきや」

三月七日に雪鳥が朝日の返事を持ってやって来た。雪鳥は一枚の半紙を漱石に差し出した。小宮豊隆によれば、それは、

《漱石が参考の為に承知して置きたいと言つて、三月四日の手紙に列記した条条を、半紙を横に二つに折つて、上段に、恐らく雪鳥が、筆で、一一箇条書きにして行つたものの下段に、恐らく池邊三山が、ペンで一一答へて行つた》（『夏目漱石』）

ものであった。（今、便宜上、段を設けず、「下段」に記されてゐたものを〈 〉で示した。）

《1　手当月額如何。並(ならび)に其額は固定するか或は累進するか
〈月俸二百円、累進式ナリ、但シ僕ノ如キ怠ケ者ハ動(やや)モスレバ固定シ易キ傾向アリ〉

2　無暗に免職せぬと云ふ如き保証出来るや。池邊氏或は社主により保証され得べきか
〈御希望トアラバ正式ニ保証サスベシ〉

3　退隠料或は恩給とでもいふ様なもの丶性質如何。並に其額は在職中の手当の凡そ幾割位に当るや。夫(それ)等(ら)の慣例如何
〈既ニ草案ハアルモ未ダ確定ニ至ラズ、併(しか)シ早晩社則ガ出来ルナラント信ズ、先(ま)ヅ御役所並位ノ処ト見当ヲ附ケテ置イテ戴(いただ)キタシ〉

4　小説は年一回にて可なるか。其連続回数は何回位なる可きか
〈年ニ二回、一回百回位ノ大作ヲ希望ス、尤モ回数ヲ短クシテ三回ニテモ宜敷候(よろしく)〉

5　作に対して営業部より苦情出ても構はぬか
〈営業部ヨリ苦情ノ出ル抔(など)イフ事ハ絶対的ニナキヿ(こと)ヲ確保ス〉

6　自分の作は新聞（現今の）には不向(ふむき)とおもふ、夫(それ)でも差支無きや

〈差支ナシ、先生ノ名声ガ後来朝日新聞ノ流行ト共ニ益世間ニ流行スベキヿヲ確信シ切望ス〉

7 小説以外に書く可き事項は、随意の題目として一週に幾回出す可きか、又其一回の分量は幾何

〈此事ハ其時々ニ御相談致シタシ、多作ハ希望セズ、又ソー無理ナ・ハ願ハズ、其時々社モ希望ヲ述べ、先生ノ御希望モ伺ヒ臨機ニ都合ヨク取極メタシ、〉

8 雑誌には今日の如く執筆の自由を許さる可きか

〈従来御関係の深キ『ホトトギス』ヘハ御執筆御自由ノヿ、其他一二ノ雑誌ヘ論説御寄稿ハ差支ナシ、但シ小説ハ是非一切社ニ申受タシ、又他ノ新聞ヘハ一切御執筆ナカランヿヲ希望ス〉

9 紙上に載せたる一切の作物を纏めて出版する版権を得らる可きか

〈差支ナシ〉》（『同上』・傍点は原文）

これから四日経った三月十一日に、漱石は雪鳥宛に、二月二十二日付けの手紙から数えて三通目の手紙を認めた。

《拝啓先日御話しの朝日入社の件につき多忙中未だ熟考せざれども大約左の如き申出を許可相成候へば進んで池邊氏と会見致し度と存候

一　小生の文学的作物は一切を挙げて朝日新聞に掲載する事
一　但し其分量と種類と長短と時日の割合は小生の随意たる事。
（換言すれば小生は一年間に出来得る限り感興に応じ又思索の暇を見出して凡てを朝日新聞に致す事。但しもとより文学的の述作故に器械的に時間を限る能はず。小説抔にても回数を受合ふ訳に行かず。時には長くなり又短かくなり。又は一週に何度もかき文は一月に一二度しか書かぬ事あるべし。而して小生のやり得る程度は自己にも分らぬ故先づ去年中に小生がなし得たる仕事を以て目安とせば大差なからんかと存候尤も去年の仕事は学校へ出た上の事故専門に述作に従事せば或は量に於多少の増加を見るに至るべきかなれどまづ標準はあの位と御考ありたし。而して小生の仕事の過半は無論美文ことに小説にあらはるべきかと存候。（或は長きものを一回にて御免蒙るか又は坊ちゃんの様なものを二三篇かくか其辺は小生の随意とせられたし）
一　俸酬は御申出の通り月二百円にてよろしく候。但し他の社員並に盆暮の賞与は頂戴致し候。是は双方合して月々の手宛の四倍（？わからず）位の割にて予算を立て度と存候
一　もし文学的作物にて他の雑誌に不得已掲載の場合は其都度朝日社の許可を得べく候。（是は事実として殆んどなき事と存候。既に御許容のホト、ギスと雖ども入社以後は滅多に執筆はせぬ覚悟に候）
一　但し全く非文学的ならぬもの（誰が見ても）或は二三頁の端もの、もしくは新聞に不向なる学説の論文等は無断にて適当な所へ掲載の自由を得度と存候
一　小生の位地の安全を池邊氏及び社主より正式に保証せられ度事。是も念の為に候。大学教授は頗る手堅く安全のものに候故小生が大学を出るには大学程の安全なる事を希望致す訳に候。池邊君は固より紳士な

る故間違なきは勿論なれども万一同君が退社せらるゝ時は社主より外に条件を満足に履行してくれるものなく又当方より履行を要求する宛も無之につき池邊君のみならず社主との契約を希望致し候。
必竟するに一度び大学を出で、野の人となる以上は再び教師抔にはならぬ考故に色々な面倒な事を申し候。猶熟考せば此他にも条件が出るやも知れず。出たらば出た時に申上候が先づ是丈を参考迄に先方へ一寸御通知置被下度候先は右用事迄　艸々頓首》（傍点引用者）

漱石が三月四日の手紙で確認したかったことは朝日（三山）にほぼ容れられたが、「新聞の小説は一回（年に）として何月位つゞくものをかくにや」との問いに対する三山の希望は漱石にはなかなかに難しいものであった。三山の希望は「年二二回、一回百回位ノ大作ヲ希望ス」であった。これは一年の半分を超えて書き続けることになる。朝日入社後に漱石は二つの長篇小説を同じ年に執筆したことは明治四十一年の『坑夫』（九十一回）と『三四郎』（百十七回）の時以外にないのである。漱石は「文学的作物は一切を挙げて朝日新聞に掲載する事」とし、「其分量と種類と長短と時日の割合は小生の随意たる事」にしたいとした。

漱石は大きな期待と不安の中にいた。「期待」は「創作さへ出来れば夫丈で天に対しても人に対しても義理は立つと存候。自己に対しては無論の事に候」と虚子に書いたような年来の思いが適いそうであるのを指す。「猶熟考せば此他にも条件が出るやも知れず」とはその不安を物語っている。また、漱石は三月四日の雪鳥宛の手紙にもあったように大学から「英文学の講座担任の相談」を受けていた。――「ある意味にては隠居の様な教授生活を愛し候」――漱石は落ち着くべき処に早く落ち着きたかったであろうが、「熟考」すべきことはあれこれあるように思われたであろう。

七

漱石は朝日が自分の「申出を許可相成候へば進んで池邊氏と会見」するつもりでいた。ところが三山が先に動いた。三月十五日のことであった。次の文の「仲に立つもの」は無論雪鳥を指す。

《余が朝日新聞に入社の際、仲に立つものが漸次往復の労を重ねた末、ほゞ相談が纏まりかけた機を見て、池邊君は先を越して向ふから余の家を訪問した。》（「池邊君の史論に就て」）

「巴里通信」を愛読した時から十二年が経っていた。三山は身長が六尺（一メートル八十センチ）ほどもある大丈夫であった。漱石は二階に三山を案内した。

《余の家は頗る蚊細く不安心に出来上つてゐた。余の如き卑力なものが畳を踏んでも、二階はずしんずしんと音がした。池邊君の名は其前から承知して知つてゐたが、顔を見るのは其時が始めてなので、何んな風采の何んな恰好の人か丸で心得なかつたが、出て面接して見ると大変に偉大な男であつた。顔も大きい、手も大きい、肩も大きい。凡て大きいづくめであつた。余は彼の体格と、彼の坐つてゐる客間のきやしや一方の骨組とを比較して、少し誇張の嫌はあるが、大仏を待合に招じたと同様に不釣合な感を起した。先づ是からしてが少し意表であつた。》（「同上」）

三山と話を進めるうちに漱石には全く思っても見なかったことが起こった。これこそ漱石には「意表」であった。

《話をしてゐるうちに、何うい(ど)ふ訳だか、余は自分の前にゐる彼と西郷隆盛とを連想し始めた。さうして其連想は彼が帰つた後迄も残つてゐた。勿論西郷隆盛に就て(つい)余は何の知る所もなかつた。だから西郷から推して池邊を彷彿(ほうふつ)する訳はないので、寧ろ(むし)池邊から推して西郷を想像したのである。西郷といふ人も大方こんな男だつたのだらうと思つたのである。》(「同上」)

漱石は三山との会見後にも雪鳥に「随分長い手紙」を書いた。この手紙について雪鳥は「先生から頂いた数々の手紙の中で最も興味深きものであると思ふ」と書いている。しかし、この「最も興味深き」手紙は漱石全集に収録されていない。雪鳥が「一人で喜び読むのが惜しい気がして朝日の一二の人に見せてゐる内に行方不明になつて了(しま)つた」という。しかし、若き雪鳥の眼に、「謀叛人(むほんにん)」といふ語が映じて、三十年後にも「明かに覚えてゐる」という。

《随分長い手紙であつたが、今尚明かに覚えてゐるのは、三山氏が池邊吉十郎の子であることから、如何にも謀叛人の子らしい面魂(つらだましい)であると書いてあつた。先生は無遠慮に謀叛人といふ語を用ひてゐられたが、余程痛快に感ぜられたらしく、非常に喜んでゐられる事が手紙の上に良く表れてゐた。》(『漱石入社前後』について)

「西郷隆盛」といい「謀叛人」といい、もうここまで来ると「池邊君は固より紳士なる故」どころではなかった。池邊三山は漱石が想像していたより、はるかに「偉大な男であつた」。

《此感じは決していたづら半分のものではなかつた。其証拠には、彼が帰つた後で、余はすぐ中間に立つて余を「朝日」へ周旋する者に手紙を出した。其文句は固より今覚えてゐる筈がないが、意味をいふと、是迄話が着々進行して略纏まる段になつたにはなつたが、何だか不安心な所が何処かに残つてゐた。然るに今日始めて池邊に会つたら其不安心が全く消えた。西郷隆盛に会つたやうな心持がする。――ざつと斯んなものであつた。》(「池邊君の史論に就て」)

ここにある、「中間に立つて余を『朝日』へ周旋する者」は雪鳥を指すのだから、ここにいう「手紙」は、紛失してしまった、三山を「謀叛人」と呼んだ手紙であろう。漱石は三山を明治最大の「謀叛人」西郷隆盛に比して語ったのだ。「西郷隆盛」とは何か。漱石は続ける、

《池邊君が余の事を始終念頭に置いて、余の地位のために進退を賭する覚悟でゐたといふ話はつい此間池邊君と関係の深いある人の口を通して余に伝へられたから、初対面の時彼の人格に就いて余の胸に映じた此画像は全くの幻影ではなかつたのである。》(「同上」・傍点引用者)

漱石は雪鳥宛の三月十一日付けの手紙の末尾で「猶熟考せば此他にも条件が出るやも知れず。出たらば出

た時に申上候」と書いた。「何処か」「不安心な所」が三山という「人格」に出会って「全く消えた」のである。何か人間の一切の付帯的条件を脱ぎ捨てた、人間そのものといっていい「人格」によって、漱石はあらゆる功利的条件を飛び越えたのである。これこそ、漱石のいう〝謀叛人西郷隆盛〟との出会いであった。

八

朝日新聞は明治四十年四月一日、「社告」に次のような記事を載せた。『増補改訂　漱石研究年表』の荒正人は、池邊三山の文であるという。「社告」の文は、一読、漱石の文業をよく知り、漱石の朝日入社を強く「切望」した人の文であることは明らかである。

《序ながら御披露仕候／近々我国文学上の一明星が其本来の軌道を廻転し来りていよいよ本社の分野に宿り候事と相成居り候、而して小説に雑著に其光を輝かす可く候、何如なる星何如なる光、試みに御猜思下さる可く候、本社の分野には従来燦然たる諸星を宿す、燦然更に燦然たる可く候、右御承知下され可く候》

この「社告」を見た読者から「新入社の文学者」は「誰れぞ誰れぞ」と照会が少なくなかった、と断りながら、翌四月二日の「社告」で、

《本人目下旅行中にて未だ執筆の場合に至らず候間彼の如く申上置候処、強ひてお尋ねに付きては名前をも

申上べく候／新入社は夏目漱石君／に候、斯人が如何なる文学者にて如何なる才藻詞品を有し候やは本社が之を知るより以前に疾く御承知の方も有る可く又猶御存知なき方は最早やがて紙上にてお知合と成られ候筈に付、此際別段の鼓吹は仕らず候敬白》

四月一日の「社告」で漱石の名を伏せたのが「本人目下旅行中にて未だ執筆の場合に至らず候」ということであったのか。どうもそうは取れない。三山は漱石が朝日に入ったのがうれしくてうれしくてしようがなくって、読者を焦らしたくなったのではなかろうか。「社告」には、欲しくて欲しくてたまらなかったものがようやく手に入って、他人には見せたくないが、とてもいいものが手に入ったのは報せたいという、子供の無邪気と同質の、三山の心からの喜びが感じられるのである。

九

漱石は三山歿後に編まれた『明治維新三大政治家』の序文として「池邊君の史論に就て」を書いた。『明治維新三大政治家』に収められている「大久保利通論」は当時評判だったらしい。（『中央公論』〈明治四十四年九月号〉）この大久保論は口述した文章に三山自らが手を入れたものだが、その「訂正」は「綿密」であったと担当記者の瀧田哲太郎は書いている。

漱石は直接に三山に向かって、大変面白かった、と「大久保利通論」の読後感を告げた。「何うだらう、文章が少し品が悪くはないだらうか」という三山の問いに漱石は答えた。――「いや些ともそんな事はない。

あれで結構だ。」漱石に褒められた三山はよほどうれしかったらしい、漱石本人の前でも「さうか夫は好かつたと云つて左も嬉しさうな顔をした」し、瀧田哲太郎には「夏目君も褒めてくれた」と語っている。「池邊君の史論に就て」において、漱石の筆は、三山の史論の筆致に、三山の男らしい生の処し方を見る、

《吾々の運命を直接に支配してゐる王政復古以後明治初年頃の政界は、吾々の脈搏と一気に連絡した縁の深いものであるが、誰がどう研究しても過去の事柄であるには極つてゐる。如何に観察しても回顧しなければ見る事も聞く事も出来ないのである。所が池邊君の話を読むと、其過去が逆さに流れて現在に彷徨して来る。長州、薩州、勤王、佐幕、あらゆる複雑な光景が記憶の舞台を賑やかにする代りに、美事なパノラマとなつて、現に眼の前に活きたまゝ展開する。従つて話をする池邊君は決して過去を振り向いてゐない。正に維新前後の騒動の狂瀾の中にあつて、自由自在に立ち働らいてゐる。反故や書き付の中から死んだ歴史の亡骸を掘り出す学者的態度を取らないで、正に元勲の一人として、はらはらしながら、前後左右の事情を偵察したり、批評したりしてゐる。遠くから眼鏡越に過去を眺めないで、立派な志士として、自分自身死生の衢に出入りしてゐる観がある。池邊君は恐らくさういふ風に生まれた男なのだらう。さう思ふと、池邊君と西郷隆盛を連想した事が他人にはどうでも、余には愈面白くなつてくる。》(「池邊君の史論に就て」)

三山の筆致が、「反故や書き付の中から死んだ歴史の亡骸を掘り出す学者的態度」から遠く、「正に維新前後の騒動の狂瀾の中にあって、自由自在に立ち働らいてゐる」観があるのは、父池邊吉十郎から来ているのか、三山の天賦のものなのか、恐らく両方であろう。自分と三つしか年齢の違わない男が「如何に観察して

も回顧しなければ見る事も聞く事も出来ない」「過去の事柄であるには極つてゐる」五十年前の時代を「自分自身死生の衢に出入りしてゐる」のは驚きであったに違いない。漱石の眼差しはそういう風に三山の文章に注がれている。

《池邊君は、西南戦争の時に有名であつた池邊吉十郎の子である。其時代にはたゞ十三四の少年であつたから助かつたのだらうが、もう少し年を取つてゐたら吃度（きつと）軍に出て討死をしたに違（ちがい）ない。池邊君は討死をしに生れて来たやうな男らしかつた。さうでなくつても、今二十年早く生れたなら、必ず維新当時の渦中に飛び込んで、国家の為に働らいたに違ない。余が彼に痔を切開した後の苦痛を訴へて、斯（こ）う臆病で気が弱くつては、幕末に生れる事は到底出来ないと云つて笑つた時、彼はさうだ吾々もあの頃生れてゐたら多分は殺されてゐるだらうなと語つたことがある。》（「同上」・傍点引用者）

痔の手術の苦痛の話から「あの頃生れてゐたら多分は殺されてゐるだらうな」という会話の流れには、この二人がいかに深いところで信じ合っていたかが思われる。そうでなければ、痔の切開の苦痛を受けて「さうだ」とどうして答えられようか。明治三十九年十月二十六日付けの門下生鈴木三重吉宛の手紙に漱石は「死ぬか生きるか、命のやりとりをする様な維新の志士の如（ごと）き烈しい精神で文学をやつて見たい。それでないと何だか難をすてゝ易につき劇を厭ふて閑に走る所謂腰抜（いわゆるこしぬけ）文学者の様な気がしてならん」と書いたが、この言葉は漱石の肺腑（はいふ）の言であった。三山は漱石の中に「維新の志士の如き烈しい精神」を観て取った。だから「吾々も」と三山は言ったのである。漱石はうれしかったに相違ない。

三山は「大久保利通論」を書いた後「岩倉具視論」を書いて、次には「西郷隆盛論」に行く予定であった。そこに三山は死んでしまったのである。

《甚だ残念な事をしたと読者は思ふだらう。余も同感者の一人である。然し若し余の幻覚を極端に引き延ばす事を許すならば、余は池邊君と西郷を一人と見倣して其西郷の池邊から大久保や岩倉の批評を聞いてゐる心持でゐたいのだから、或は西郷論の出来なかつた方が、偶然ながら詩的には余にとつて面白いかも知れない。》（「同上」）

大久保利通を論じて西郷隆盛に触れぬ訳には行かぬ。三山は「大久保利通論」の中で大久保を通さずに西郷を幾度か論じている。それを漱石は「西郷の池邊」から大久保の「批評を聞いてゐる」とした。漱石は、三山が西郷論を書く直前に死んだことに、三山と西郷両人の帰一性の「面白」さを感じ、「詩」を観て、「大久保利通論」を斫断したのだ。

三山によって語られた西郷は、例えば次のようなものである。

《其相違（大久保と西郷の意見の相違）の最も激しいのが征韓論だ。あれは言ふまでもなく朝鮮がわるい。日本の王政復古、並に明治維新政府を認めぬといふのみならず、国使に無礼を加へて居る。つまり其時の朝鮮は馬鹿だ。馬鹿といつてよいか、丸で無教育の児供といつてよいか、箸にも棒にもかゝらぬものであつた、それを大人らしく見ない日本も、其時は大人らしく見得る地位でない。向ふを一国と見て居る。徳川幕府が聘問使節を往来せしめて、国書を交換してる間柄の続きですからナ。其朝鮮が明治政府に恥辱を与へた。どうかしなくてはいかんといふのが征韓論で、其の最初の廟議は大久保の帰つた後に開かれてる。（注、大久保は岩倉具視、木戸孝允らとともに明治四年に欧米視察に旅立ち、明治六年帰朝した。）が無論大久保は出て居ない。其廟議の原案は副島外務卿の提出でせうが、先居留民保護を名として若干の兵隊を差し向けやうといふのだ。西郷はそれは手順が違ふ。直ぐ兵隊を差し向けるといふのは激動の本だ。又名義も十分でない。兎も角も今一応使節を出すべきだ。そして其使節には自分を遣つて貰ひたいといふのだ。其の自分を遣つて貰ひたいといふことには副島初め異議はあるが、其外の事は大抵西郷の論に一致した。太政大臣の三条公も同意した。処が西郷が自分で使節に行かうといふのは、朝鮮人は多分自分を殺すだらう。其日本使節を殺したといふので問罪の征伐を初めるといふ段取にしたいのだ。それで自分で殺されに行く役を引受けるといふのだ。そして種々な情実、並に種々な理由で、西郷自身行くといふのを止める人々を、自ら運動して、合掌せぬばかりにして、さう言てくれるなと頼んで廻つてる。事実上の一国の宰相が、こんな事を発意し、且実行に着手したといふ前例は、或は希臘羅馬あたりの古英雄伝にはあるかも知れぬが、余り多くは無からう。今の欧米の政治家には無論ない。洋行前の大久保で有つても、之を聞て、又西郷が例の癖を出した、といつて困つたでせう。況んや此時は新式ハイカラ式の大蔵卿大久保利通になつて居るのです。然るに西郷は依然たる薩藩西郷吉之助だ。参議とか、陸軍大将とか、近衛都督とか、そんな肩書を背負つても、それが何でもない。あれは死ぬる迄西郷吉之助で死んだ人だ。その一吉之助たる薩摩武士の武士道の上からいへば、国の為めに仕事をする時は、何時（いつ）でも生命を投げ出してかゝるが常だ。何時でも生命懸けだ。その生命が役に立つ、国のために大きな役に立つ、武士の本望本願、此上の事は無い。だから西郷が国のためと信じて朝鮮に殺されに行くといふ事は、西郷吉之助の意見としては、何でもない。当り前の事だ。止める者は愚か痴かだ。が、外国人などには余程説明を加へなければ分らぬかも知らぬ。日本武士道を知る事になつた今日でも分りますかどうだか。》（『明治維新三大政治家』「大久保利通論」・傍点引用者）

この、三山の「外国人などには余程説明を加へなければ分らぬかも知らぬ」という発言に漱石は全く言及していないが、ここに若年期から漱石を苦しめた問題と通底する案件がある。若き漱石は三山の「巴里通信」を何故に「ひどく愛読した」か。それは文章が締まっているでは済まされぬことなのだ。

十一

漱石は「池邊君の史論に就て」を「莫逆（ばくげき）の交り」という言葉をもって結んだ。

《池邊君と余とは比較的新らしい交際である。然し新らしい割には親しい交際であつた。去年の秋社に或る事件が起つて、それに関連した用向のため、互に話したり話されたりする必要と機会とが与へられてから、余は大分深く彼の心の中に立ち入ることが出来た。彼も亦（また）余の性格のある方面を漸（ようや）く呑み込んだらうと思ふ。もし池邊君が長く生きてゐたら、或は莫逆の交りが二人の間に成立し得たかも知れなかつた。不幸にして其

交りが熟し切らないうちに彼は死んだ。死んだけれども、余は未だに彼の朋友として存在するのである。》

ここにいう「或る事件」について、小宮は『夏目漱石』の中で「是（これ）（辞職）は心臓が悪くて職に堪へないといふ理由になつてゐるが、それもあつたのかも知れないが、ほんとの理由は別に何かがあつたらしい。それは、白瀬中尉の南極探検を後援するしないで、当時の社長村山龍平と意見が合はなかつたからだともいふし、部下の幹部、弓削田精一以下の連中と、桂太郎を支持するしないで、政治上の意見が合はなかつたからだともいふし、木村久壽彌太（くすやた）から友人として金を借りて家を建てたのを、三菱に買収されたといふ噂を立てられ、それを憤慨してやめたのだともいふし、いろいろ説があつて、どれがほんとの理由か、はつきりしたことは分からない」と書いているが、先に触れた、三山と共に朝日にあった宮部は「内実は社中の一、二の者が、三山の私事に就（つ）いて非難の言を発したとかに憤慨（ふんがい）して、卒然辞表を提出したものである。その憤慨の原因も公平なる傍観者より見れば、全く根も無い事であって、三山が何故斯（か）くまで激昂（げっこう）したのかと訝（いぶか）られる程であるが、或は多年激労の結果、その心身が疲労し、幾分常調を失して居たのかとも疑はれる」と追想している。

「必要と機会」があって、漱石は政治的な意味合いを帯びた内容を三山と談じたろうが、政治的信条を確かめ合ったわけではなかろう。儒的な傾きを帯びた全的な共感が二人を包んだ、そういう方向に二人の会話は進んだのだ。

私たちが社会生活をする上で「用向のため、互に話したり話されたりする必要と機会と」は多い。しかしその「互に話したり話されたりする」ときに、私たちは相手の「心の中に立ち入ることが出来」ているのであろうか。「深く」相手の「心の中に立ち入」ったときに、私たちの知覚はある内的拡がりを感ずるだろう。その拡がりは平生の萎縮しがちな私たちの小さな心を大きな温かいものが通過するような物的な感触として感じられるだろう。その触覚を漱石は「交り」と呼んだに違いない。一生涯にほとんどあるか無きかの、この「交り」故に、「莫逆の」という形容句を使って。（※木村久壽彌太――慶応元年～昭和十年。土佐の生まれ。明治二十三年三菱社入社。大正九年三菱合資総理事。三菱鉱業、三菱製鉄会長。）

十二

三山は翌明治四十五年二月二十八日に亡くなった。漱石が三山を最後に見たのは、その母親の葬儀の日であった。母世喜子は明治四十五年一月二十一日に死去した。六十八歳であった。三山は、五十日間の喪に服し、一切の肉食を断った。母の三十五日忌の三日後に三山は心臓病で死んだ。（荒正人著『増補改訂　漱石研究年表』）

《余が最後に生きた池邊君を見たのは、その母堂の葬儀の日であつた。柩の門を出やうとする間際に駈け付けた余が、門側に佇んで葬列の通過を待つべく余儀なくされた時、余と池邊君とは端なく目礼を取り換はしたのである。其時池邊君が帽を被らずに、草履の儘質素な服装をして柩の後に続いた姿を今見る様に覚えてゐる。余は生きた池邊君の最後の記念として其姿を永久に深く頭の奥に仕舞つて置かなければならなくなつたかと思ふと、其時言葉を交はさなかつたのが、甚だ名残惜しく思はれてならない。池邊君は其時から既に血色が大変悪かつた。けれども其時なら口を利く事が充分出来たのである。》（「三山居士」）

二月二十八日、「吹荒さむ生温い風の中に、夜着の数を減して、常よりは早く床に就たが、容易に寝つかれない晩であつた。」漱石の家の「門を揺り動か」すものがある。その者は三山の訃を齎らした。十一時を過ぎていた。

三山の家の二階で、しばらく朝日のものと話をした後、漱石は三山に「最後の挨拶をする」べく階下へ下りた。僧が一人経を読んでいた。

《遺骸は白い布で包んで其上に池邊君の平生着たらしい黒紋付が掛けてあつた。顔も白い晒しで隠してあつた。余が枕辺近く寄つて、其晒しを取り除けた時、僧は読経の声をぴたりと止めた。夜半の灯に透かして見た池邊君の顔は、常と何の変る事もなかつた。刈り込んだ髯に交る白髪が、忘る可からざる彼の特徴の如くに余の眼を射た。たゞ血の漲ぎらない両頬の蒼褪めた色が、冷たさうな無常の感じを余の胸に刻んだ丈である。》（同上）

漱石は、二年前の八月、病いの療養に出掛けた修善寺で死にかけたことがあった。三山の死は、漱石に、危篤状態にある自分を見舞いに「長大な軀幹を東京から運んで来」た三山のことを思い出させた。

《（三山は）苦い顔をしながら、医者に騙されて来て見たと云つた。医者に騙されたといふ彼は、固より余を騙す積で斯ういふ言葉を発したのである。彼の死ぬ時には、斯ういふ言葉を考へる余地すら余に与へられなかつた。枕辺に坐つて目礼をする一分時さへ許されなかつた。余はたゞ其晩の夜半に彼の死顔を一目見た丈である。》（「同上」）

修善寺に二カ月、死生の境をさまよいつづけた漱石は、顔に血の色が出て来た頃、寝たまま運ばれて東京の病院に移った。それから九日経って、漱石は、少しずつ筆を執った。――「友人のうちには、もう夫程好くなつたかと喜んで呉れたものもある。或は又あんな軽挙をして遣り損なはなければ可いがと心配して呉れたものもある。」

《其中で一番苦い顔をしたのは池邊三山君であつた。余が原稿を書いたと聞くや否や、忽ち余計な事だと叱り付けた。しかも其声は尤も無愛想な声であつた。医者の許可を得たのだから、普通の人の退屈凌ぎ位な所と見たらよからうと余は弁解した。》（「思ひ出す事など」）

すると三山は、「医者の許可も去る事だが、友人の許可を得なければ不可ん」と言った。

このとき、「友人」といふ私たちの日常にありふれた言葉は、手つかずの詩的言語として蘇生し、倫理性と清冽さを伴って、漱石の五尺あまりの痩軀を駈け抜けたに相違ない。

明治四十年三月十五日に直接相見た漱石と三山は、四十五年二月二十八日に「最後の挨拶」をするまで、漱石のいう「親しい交際」のうちにあった。

第三章　『こころ』を読む

一

代助は三千代と逢った翌日に、平岡の会社に、内々で話したいことがある旨の手紙を出したが、平岡からは五日経っても返事は来なかった。代助は門野を平岡の家まで使いに出した。門野は三千代が病気であるとの返事をもたらした。翌日平岡がやって来た。「強い日が正面から射竦める様」に人の顔を打っていた。平岡は「蒸される様に扇を使つた。」梅雨はすでに明けていた。

二人の間で時候の話がしばらく続いた。ややあって代助は三千代の病気を尋ねた。

三千代は、代助のところに寄った翌日の朝、会社に出る平岡の身仕度の世話をしている時に卒倒した。翌日も三千代の色沢は非常によくなかった。平岡は驚いて医者を呼んだ。医者は貧血のためであると言った。随分強い神経衰弱に罹つていると注意した。看護している平岡に、三千代は涙を流しながら、是非詫まらなければならないことがある、代助に聞いてくれろと告げた。平岡は、三千代は脳の加減が悪いのだと思って本当にしなかった。翌日も翌々日も三千代は同じことを繰り返した。「平岡は漸やく三千代の言葉に一種の意味を認めた」。代助は「深い感動」を以て平岡の話を聴いた。「君の用事と三千代の云ふ事と何か関係があるのかい」と不思議そうに平岡は代助に聞いた。この率直な問いは代助に響いた。「彼は何時になく少し赤面して俯向いた。然し再顔を上げた時は、平生の通り静かな悪びれない態度を回復してゐた。」

《「三千代さんの君に詫まる事と、僕の君に話したい事とは、恐らく大いなる関係があるだらう。或は同じ事かも知れない。僕は何うしても、それを君に話さなければならない。話す義務があると思ふから話すんだから、今日迄の友誼(ゆうぎ)に免じて、快よく僕に僕の義務を果さして呉(く)れ給へ」

「何だい。改たまつて」と平岡は始めて眉を正した。

「いや前置をすると言訳(いいわけ)らしくなつて不可(いけ)ないから、僕も成(な)る可(べ)くなら率直に云つて仕舞(しま)ひたいのだが、少し重大な事件だし、夫(それ)に習慣に反した嫌(きらい)もあるので、若(も)し中途で君に激されて仕舞ふと、甚だ困るから、是非仕舞迄(まで)君に聞いて貰ひたいと思つて」

「まあ何だい。其(その)話と云ふのは」

好奇心と共に平岡の顔が益(ますます)真面目になつた。

「其代(そのかわ)り、みんな話した後で、僕は何(ど)んな事を君から云はれても、矢張り大人しく仕舞迄聞く積(つもり)だ」》（『それから』〈十六〉）

外はぎらぎらする夏の陽射しが照りつけていた。が、二人は暑さの外にいた。「代助は凡てを語るに約一時間を費やした。」代助の話を聞き終った平岡は、しばらく経ってから言った、――「僕の毀損(きそん)された名誉が、回復出来る様な手段が、世の中にあり得ると、君は思つてゐるのか」

《平岡君。世間から云へば、これは男子の面目に関はる大事件だ。だから君が自己の権利を維持する為に、――故意に維持しやう(ママ)と思はないでも、暗に其(その)心が動らいて、自然と激して来るのは已(やむ)を得ないが、――けれども、こんな関係の起らない学校時代の君になつて、もう一遍(いっぺん)僕の云ふ事をよく聞いて呉れないか」（中略）

「三千代さんは公然君の所有だ。けれども物件ぢやない人間だから、心迄所有する事は誰にも出来ない。本人以外にどんなものが出て来たつて、愛情の増減や方向を命令する訳には行かない。夫の権利は其所迄は届きやしない。だから細君の愛を他へ移さない様にするのが、却つて夫の義務だらう」

「よし僕が君の期待する通り三千代を愛してゐなかつた事が事実としても」と平岡は強いて己を抑える様に云つた。拳を握つてゐた。代助は相手の言葉の尽きるのを待つた。

「君は三年前の事を覚えて居るだらう」と平岡は又句を更へた。

「三年前は君が三千代さんと結婚した時だ」

「さうだ。其時の記憶が君の頭の中に残つてゐるか」

代助の頭は急に三年前に飛び返つた。当時の記憶が、闇を回る松明の如く輝いた。

「三千代を僕に周旋しやうと云ひ出したものは君だ」

「貰ひたいと云ふ意志を僕に打ち明けたものは君だ」

「それは僕だつて忘れやしない。今に至る迄君の厚意を感謝してゐる」

平岡は斯う云つて、しばらく冥想してゐた。

「二人で、夜上野を抜けて谷中へ下りる時だつた。雨上りで谷中の下は道が悪かつた。博物館の前から話しつゞけて、あの橋の所迄来た時、君は僕の為に泣いて呉れた」

代助は黙然としてゐた。

「僕は其時程朋友を難有いと思つた事はない。嬉しくつて其晩は少しも寐られなかつた。月のある晩だつたので、月の消える迄起きてゐた」

「僕もあの時は愉快だつた」と代助が夢の様に云つた。それを平岡は打ち切る勢で遮(さえぎ)つた。——

「君は何だつて、あの時僕の為に泣いて呉れたのだ。なんだつて、僕の為に三千代を周旋しやうと盟(ちか)つたのだ。今日の様な事を引き起す位なら、何故あの時、ふんと云つたなり放つて置いて呉れなかつたのだ。僕は君から是程深刻な復讐(かたき)を取られる程、君に向つて悪い事をした覚(おぼえ)がないぢやないか」

平岡は声を顫(ふる)はした。代助の蒼い額に汗の珠(たま)が溜(たま)つた。さうして訴へる如くに云つた。

「平岡、僕は君より前から三千代さんを愛してゐたのだよ」

平岡は茫然として、代助の苦痛の色を眺めた。

「其時の僕は、今の僕ではなかつた。君から話を聞いた時、僕の未来を犠牲にしても、君の望みを叶へるのが、友達の本分だと思つた。それが悪かつた。今位頭が熟してゐれば、まだ考へ様があつたのだが、惜しい事に若かつたものだから、余りに自然を軽蔑し過ぎた。僕はあの時の事を思つては、非常な後悔の念に襲はれてゐる。自分の為ばかりぢやない。実際君の為に後悔してゐる。僕が君に対して真に済まないと思ふのは、今度の事件より寧(むし)ろあの時僕がなまじひに遣り遂げた義侠心だ。君、どうぞ勘弁して呉れ。僕は此通り自然に復讐を取られて、君の前に手を突いて詫まつてゐる」

代助は涙を膝の上に零(こぼ)した。平岡の眼鏡が曇つた。》(〈同上〉・傍点引用者)

漱石の小説は『虞美人草』以降、『坑夫』と『道草』を除けばすべて恋愛小説といっていい。それもテーマは、これしかない、とでもいうように一人の女性を回っての、二人の男の物語である。『それから』の前作『三四郎』は淡いうちに物語は終ったが、『それから』以降は悲劇的であった。友のために泣くことの好きな男が、友と同じ女性に惹かれたらどうなるか、あるいはどうなったか、である。漱石の筆の運びは、どうすべきか、ではない。

漱石が好んだ季子は死後も友情の継続を信じて疑わなかった。

楚の項羽(こうう)は、漢の大軍に囲まれ、垓下(がいか)に壁して、慨嘆した、「漢、皆已(すで)に楚を得たるか。」そしてわが妻を恋慕して悲歌した、「虞(ぐ)や虞や　若(なんじ)を奈何(いかん)せん」――では、友が自分の愛する人を望んだらどうするか、「虞や虞や　若を奈何せん」。これは季子も孔子も知らぬ懊悩(おうのう)である。

西洋流の文明開化を知らぬ明治前の日本の知識人の思想的テーマは「道義慾」にあったが、西洋の思想を知った明治日本の知的選良(エリート)たちの生活に「生活慾」の問題が打ち寄せて来た。自分を殺して「道義慾」を護った時代から、封建の仕組みが壊れ、自分たちの食い扶持(ぶち)は自分たちで稼がなくては行けない時代になった。立身出世の世になり、自分を活かすには「生活慾」に身を任すに如くはない時代になったのである。

西洋の文明が「海嘯(つなみ)」のように押し寄せて、目覚ましい進展を示した日本人の劇烈な「生活慾」が、「道義慾」を崩壊させており、この二つのものは「どこかで平衡を得なければならない」と分析総合した代助に、西洋の新しい思想が囁(ささや)く。困憊(こんぱい)した代助のこころを「恋愛」が癒(いや)すのである。だがこれはパラドックスを含むのである。「恋愛」という言葉は、先に引いた、柳父章の『翻訳語成立事情』に指摘されているように、西洋の「恋愛」観の直訳なのである。代助は、日本人の徳川期の「道義慾」を、「情意行為の標準を、自己以外の遠い所に据ゑて」「手近な真(まこと)を、眼中に置かない無理なもの」と思惟した。その「道義慾」を破壊しつくそうとしているのは西洋直伝の劇烈な「生活慾」なのであるが、その「道義慾」と「生活慾」が相鬩(あいせめ)ぎあう渦中に日本人があること、そしてそのことに日本人が無自覚であることをわが目わが耳で知って困憊した代助のこころを癒したものも、西洋直伝の「恋愛」観なのである。

二

小宮豊隆は、

《恋愛は、漱石の作品並びに生活が、それを中心として旋回する、枢軸であつた。それを把握し理解する事なしには、人は、漱石の作品並びに生活を、凡そ無意味な、生命のない、饒舌(じょうぜつ)の堆積(たいせき)のやうなものとしか、見る事を得ないに違ひない。》（『漱石寅彦三重吉』「漱石と恋愛」昭和十年）

と言っている。小宮には『漱石襍記(さつき)』（昭和十年）という著書があって、そこに明治四十一年の日記が収められている。どこでもほとんど同じようなものなので適宜引用する。日記中の「先生」はもちろん漱石を指す。

《一月一日（水曜）
先生のうちにゐる。
一月二日（木曜）
先生のうちにゐる。
一月三日（金曜）

先生のうちにゐる。
一月四日（土曜）
先生のうちにゐる。
奥さんから紙入(かみいれ)を貰ふ。なかなか立派な紙入だ。
午飯を済ませてから、親類へ年始廻りに出かける。》

また、

《五月二十一日　（木曜）
先生のところへ行く。
五月二十五日　（月曜）
先生のところへ行く。
五月二十八日　（木曜）
先生のところへ行く。とまる。
五月二十九日　（金曜）
夕方かへつて来る。
五月三十日　（土曜）
先生のところへ行く。》

漱石だけでなく夏目家との小宮の付き合いの深さを想わせる日記であるが、こういう人が、「漱石の作品並びに生活」は「恋愛」を「中心として旋回する、枢軸であつた」、漱石の「恋愛」を「把握し理解」しなければ「漱石の作品」も「生活」もつまり漱石の人生そのものを「無意味な、生命のない」ものとしてしか見ることができないと言っているのは、注意すべきことだ。小宮は具体的な事実を知っていたに違いない。『こころ』の「先生」が「私」に語った言葉によれば「或生きたもの」を知っていたのだ。しかし小宮の筆は少しも具体性を帯びない。そこには、タブーがあったのか、漱石の禁止があったのか。

三

代助は平岡にいう、「平岡、僕は君より前から三千代さんを愛してゐたのだよ」。このことばを『こころ』の「先生」が親友Kに向って言っても少しも違和を感じない。「先生」はKより早く「御嬢さん」を「愛してゐた」のだから。

『それから』が「友達の本分」やら「義俠心」やら――つまり「道義慾」で意中の女性を友に譲った話を骨子とするなら、『こころ』は意中の女性を何としても我が物にしようとして友を失ってしまった話である。

漱石は、『こころ』という名前はいくつかの短篇を合わせたものの総題として当初考えていた。しかし、短篇の最初の「先生の遺書」を書き出してみると、予想より長くなって来たので、「先生の遺書」だけを纏めて公にすることに漱石は方針を変えた。その「先生の遺書」も三つの短篇から組み立てられているから、それを「先生と私」、「両親と私」、「先生と遺書」とに分けて全体に『心』という総題がつけられたのであった。（『心』「自序」）つまり当初の漱石の意図からいうと、『こころ』の読者は「先生の遺書」を読んでいることになるのである。

「先生の遺書」の物語は「私」という一人の書生が、夏の休暇を利用して鎌倉に海水浴に行き、「先生」に出逢ふことに始まる。この「私」に、「先生」が亡くなる前に書き送った長い手紙が『こころ』第三部の「先生と遺書」全体を構成している。

「私」は「先生」から二つのことを突き付けられる。一つは死である。「先生」はいう、「貴方は死という事実をまだ真面目に考えた事がありませんね」。（「先生と私」〈五〉）もう一つは「恋愛」についてである。「先生」はいう、「君、黒い長い髪で縛られた時の心持を知つてゐますか」。（「同上」〈十三〉）また、「恋は罪悪ですよ、よござんすか。さうして神聖なものですよ」。（〈同上〉）この「死」と「恋」についての、「先生」の生きて知った内実が第三部の「先生と遺書」に描かれているのである。

《私の過去は私丈（だけ）の経験だから、私丈の所有と云つても差支（さしつかえ）ないでせう。それを人に与へないで死ぬのは、惜（おし）いとも云はれるでせう。私にも多少そんな心持があります。たゞし受け入れる事の出来ない人に与へる位なら、私はむしろ私の経験を私の生命と共に葬つた方が好いと思ひます。実際ここに貴方（あなた）といふ一人の男が存在してゐないならば、私の過去はついに私の過去で、間接にも他人の知識にはならないで済んだでせう。私は何千万とゐる日本人のうちで、たゞ貴方丈に、私の過去を物語りたいのです。あなたは真面目だから。あなたは真面目に人生そのものから生きた教訓を得たいと云つたから。》（『こころ』「先生と遺書」〈二〉）

先に書いたように、『こころ』は「先生」が「私」に宛てて書いた手紙で、その主要なところは構成されている。その「先生」の手紙は「私」という「何千万とゐる日本人のうちで、たゞ貴方丈」に宛てられたものだが、作者漱石は、「真面目」な読者の、出来るだけの多きを望んだろう。「人に与へないで死ぬのは、惜い」という気持ちが、強く漱石にあったのである。

昭和の詩人三好達治は、「私の詩は／三日の間もてばいい／昨日と今日と明日と／ただその片見であればいい」と歌ったが、その三日――昨日と今日と明日とが常に在り続けるように、「真面目に人生そのものから生きた教訓を得たい」と希望する読者もまた生まれつづけることを作者は願ったであろう。『こころ』の読者は、ただ人生に「真面目」であればいいのである。

四

「廿歳(はたち)にならない」ころに両親を亡くした「先生」は、叔父一家に引き取られる。叔父は、「先生」の父親から「信用されたり、褒められたり」した人間であった。その叔父が「先生」に遺された「相当の財産」を横領した。この事件は、若い「先生」を「厭世的」にし「沈鬱」にしてしまう。しかし一方では、他人を敵視し警戒するようになり、「先生」の神経は鋭く尖(とが)ってしまう。

そういう「先生」が日清戦争で夫を亡くした未亡人と娘一人の素人下宿屋に下宿することになった。若き「先生」はこの未亡人である奥さんから「鷹揚(おうよう)な方だ」といって褒められた。否定する「先生」に向かって、あなたは自分で気が付かないから、そうおっしゃるんです、と反論されてとまどう。しかし、奥さんの、こういう「先生」を信頼した態度が「先生」の神経をだんだんと静めて行く。「先生」は「御嬢さん」とも親しくなり、冗談もいうようになって行った。お茶を入れたからといつて向うの室に呼ばれたり、「先生」の方でお菓子を買って来て、二人を招いたりする晩もあった。「先生」も「御嬢さん」もそれぞれが相手を異性と認めつつ、いや異性だからこそ近づいて行く。

《時たま御嬢さん一人で、用があつて私の室(へや)へ這入(はい)つた序(ついで)に、其所(そこ)に坐つて話し込むやうな場合も其内に出て来ました。さういふ時には、私の心が妙に不安に冒されて来るのです。さうして若い女とたゞ差向ひで坐つてゐるのが不安なのだとばかりは思へませんでした。私は何だかそわそわし出すのです。自分で自分を裏切るやうな不自然な態度が私を苦しめるのです。然(しか)し相手の方は却(かえ)つて平気でした。これが琴を浚(さら)ふのに声さへ碌(ろく)に出せなかつたあの女かしらと疑がはれる位、耻(は)づかしがらないのです。あまり長くなるので、茶の間から母に呼ばれても、「はい」と返事をする丈(だけ)で、容易に腰を上げない事さへありました。それでゐて御嬢さんは決して子供ではなかつたのです。私の眼には能くそれが解つてゐました。能く解るやうに振舞つて見せる痕跡さへ明らかでした。》（「先生と遺書」〈十三〉、以下特に断らない限り、括弧〈 〉の数字は「先生と遺書」の章を意味している。）

「先生」は自分の故郷のことについては多くを語らなかった。思い出すのさえ不愉快を感じた。なるべく「先生」は奥さんの方の話を聞こうとした。しかし奥さんは承知せず、「先生」の国元の事を知りたがった。

《私はとうとう何もかも話してしまひました。私は二度と国元へは帰らない。帰つても何にもない、あるのはたゞ父と母の墓ばかりだと告げた時、奥さんは大変感動したらしい様子を見せました。御嬢さんは泣きました。私は話して好い事をしたと思ひました。私は嬉しかつたのです。

私の凡てを聞いた奥さんは、果して自分の直覚が的中したと云はないばかりの顔をし出しました。それからは私を自分の親戚に当る若いものか何かを取り扱ふやうに待遇するのです。》（「先生と遺書」〈十五〉）

ある晩、「先生」は奥さんから着物を拵えろと言われた。書物ばかり買っていたのが知れたのである。「先生」は余所行きの着物は大学を卒業するときに買えばいいと思っていた。奥さんは、買った本は全部読むのかと聞いた。確かにすべてにまだ目を通していないのも多少はあったから、返事に困った「先生」は余所行きの着物を買うことにした。――「其上私は色々世話になるといふ口実の下に、御嬢さんの気に入るやうな帯か反物を買つて遣りたかつたのです」（「先生と遺書」〈十七〉）。「先生」は奥さんに一任した。すると奥さんは「先生」にも御嬢さんにも一緒に行かなくてはならないと命じた。土曜日に三人は日本橋に出かけた。「御嬢さんは大層着飾つてゐました。地体が色の白い癖に、白粉を豊富に塗つたものだから猶目立ちます。往来の人がじろじろ見て行くのです。さうして御嬢さんを見たものは屹度其視線をひるがへして、私の顔を見るのだから、変なものでした。」（同上）「奥さんはわざわざ私の名を呼んで何うだらうと相談をするのです。時々反物を御嬢さんの肩から胸へ竪に宛て、置いて、私に二三歩遠退いて見て呉れろといふのです。私は其度ごとに、それは駄目だとか、それは能く似合ふとか、兎に角一人前の口を聞きました。」（同上）

「先生」は翌々日の月曜日に学校でいつ妻をもらったとからかわれた。御前の妻は非常に美人だと賞められた。帰宅した「先生」は奥さんと御嬢さんにその友人のことを物語った。奥さんは定めて迷惑だろうといって「先生」の顔を見た。その時「先生」は自分の思うところを率直に打ち明けようとした。しかし、こういう時にほとんどいつも「先生」の「狐疑（こぎ）」が現われる。「先生」は話を御嬢さんの結婚問題に逸らした。「先生」が自分ことについては口を開かず、御嬢さんの結婚問題について奥さんの考えを聞いただけで話を切り上げて自分の室へ帰ろうとしたとき、「先生」は、生涯胸に刻まれて消えることのない御嬢さんの「後姿（うしろすがた）」を目撃する。

《さつき迄傍にゐて、あんまりだわとか何とか云つて笑つた御嬢さんは、何時（いつ）の間にか向ふの隅に行つて、背中を此方（こつち）へ向けてゐました。私が立たうとして振り返つた時、其後姿を見たのです。後姿だけで人間の心が読める筈はありません。御嬢さんが此問題について何（ど）う考へてゐるか、私には見当が付きませんでした。御嬢さんは戸棚を前にして坐つてゐました。其戸棚の一尺ばかり開いてゐる隙間（すきま）から、御嬢さんは何か引き出して膝の上へ置いて眺めてゐるらしかつたのです。私の眼はその隙間の端に、一昨日買つた反物を見付け出しました。私の着物も御嬢さんのも同じ戸棚の隅に重ねてあつたのです。》（「先生と遺書」〈十八〉）

五

新しく一つの家庭が出来上がろうとしているところにKという一人の男が入り込んで来ることによって、「先生と遺書」は本当の主題の一つを奏で始める。

Kは「先生」と同郷で真宗の坊さんの次男であった。Kは中学生の時、医者の家の養子になった。Kは養子先から学資をもらって東京に出て来た。二人は同じ下宿に入った。Kと「先生」は東京と東京の人を畏れた。「先生」はこのころを回顧して「山で生捕られた動物が、檻の中で抱き合ひながら、外を睨めるやうなものでしたらう」（「先生と遺書」〈十九〉）と書いている。

しかし二人の志は大きく高かった。「先生」はいう、――「それでゐて六畳の間の中では、天下を睥睨するやうな事を云つてゐたのです。然し我々は真面目でした。我々は実際偉くなる積でゐたのです。ことにKは強かつたのです」（〈同上〉）。寺に生れたKは常に精進という言葉を使った。Kの養家は医者にするためにKを養子にもらったし、医者になるためにKが東京で勉強していると思っていたが、頑固なKは医者にならない決心をもって東京にやって来た。「先生」は養父母を欺く所為だといってKを責めたが、大胆なKは「左右だ。道のためなら、其位の事をしても構はない」と言って取り合わなかった。そう言われた「先生」は、この「道」という言葉が「尊とく」「気高く」響いて、Kの生き方に同意してしまう。ここで「先生」は次のように書いている。

《私の同意がKに取つて何の位有力であつたか、それは私も知りません。一図な彼は、たとひ私がいくら反対しやうとも、矢張自分の思ひ通りを貫ぬいたに違なからうとは察せられます。然し万一の場合、賛成の声援を与へた私に、多少の責任が出来てくる位の事は、子供ながら私はよく承知してゐた積です。よし其時にそれ丈の覚悟がないにしても、成人した眼で、過去を振り返る必要が起つた場合には、私に割り当てられただけの責任は、私の方で帯びるのが至当になる位な語気で私は賛成したのです。》（〈同上〉・傍点引用者）

先に、内藤鳴雪が、二十六歳の子規の「老成」に驚愕するのを引いたが、この「先生」の述懐もまたその老成を物語っている。ここに語られた「覚悟」という言葉も「責任」という言葉も武士の言に近かろうと想われる。この言葉を「先生」のものとするにせよ、漱石のものとするにせよ、自らの青春を語る言葉の何と緊切なることか。漱石より五歳年少の島崎藤村が青春を回顧した『春』のやわらかな抒情は漱石の文章には見られない。（『春』は明治四十一年四月から百三十五回にわたつて朝日新聞に掲載された。）

「先生」とKの二人は同じ科に入学した。最初の夏休みは国へ帰る「先生」を尻目にKは、ある寺にこもって勉強に打ち込んだ。二年目の夏は養家から催促を受けてKも国へ帰った。三度目の夏は二人にとって運命的といえる夏となった。「先生」には、叔父の横領が明らかとなり、二度と国へは帰らぬと決心して父母の墓に別れを告げた「波瀾に富んだ」夏であったし、Kの人生にも「変調」が現れた。帰国せず養家へ手紙を出して、「自分の詐を白状した」Kは、二通の書簡を受け取った。一通は養家からのもので、「親を騙すやうな不埒なものに学資を送る事は出来ない」と書かれていた。もう一通は実家からのもので、これも養家からの手紙に劣らぬ厳しいものであった。そこには、「一切構はない」と書かれてあった。ここからKの劇烈な「精進」が始まった。Kは「先生」の物質的援助を断った。Kは夜学校の教師を始めた。——「彼は今迄通り勉強の手をちつとも緩めずに、新しい荷を背負つて猛進した」。

こういう中、Kと養家との関係がだんだんとこじれて来た。帰国を促す養家に剛情なKは学年中だから帰れないと突っぱねた。Kの剛情は「養家の感情を害」し、「実家の怒を買」った。Kは復籍に決した。養家が負担した学資は実家で弁償することになった。そしてKは実家から勘当された。

《Kは母のない男でした。彼の性格の一面は、たしかに継母に育てられた結果とも見る事が出来るやうです。もし彼の実の母が生きてゐたら、或は彼と実家との関係に、斯うまで隔りが出来ずに済んだかも知れないと私は思ふのです。》（「先生と遺書」〈二十一〉）

これはKのすぐそばにいようと決めた、Kと同じくほとんど孤独な男の慈愛にあふれたことばである。「先生」は続ける、

《彼の父は云ふ迄もなく僧侶でした。けれども義理堅い点に於て、寧ろ武士に似た所がありはしないかと疑はれます。》（同上）

人は、「剛」だけで育てられても、「柔」だけで育てられても、いけない。「剛」「柔」相俟つて育てられなくてはいけないのだろう。漱石に「柔」が欠けていたように、Kにも「柔」が欠けていた。

それから一年半の間、Kは「独力で己れを支へて行つた」。先にも書いた、夜学校の教師をしながら猛烈に学問に向かったのである。この「過度の労力が次第に彼の健康と精神の上に影響して来」る。「彼は段々と感傷的になつて来たのです。時によると、自分丈が世の中の不幸を一人で背負つて立つてゐるやうな事を云ひます。さうして夫を打ち消せばすぐ激するのです。それから自分の未来に横はる光明が、次第に彼の眼を遠退いて行くやうにも思つて、いらいらするのです」（「先生と遺書」〈二十二〉）。「先生」はKの気分を落ち着かせるのが第一と考えた。——「私の神経が此家庭に入つてから多少角が取れた如く、Kの心も此所に置

けば何時か沈まる事があるだらうと考へたのです」〈「先生と遺書」〈二十四〉〉。「先生」は、「学問が自分の目的ではない」、「意志の力を養つて強い人になるのが自分の考だ」と云つて、剛情なKの前に「跪まづく事」まで敢えてして、Kを「先生」の下宿に連れて来た。「先生」はこうも書いている、「私が孤独の感に堪へなかつた自分の境遇を顧みると、親友の彼を、同じ孤独の境遇に置くのは、私に取つて忍びない事でした。一歩進んで、より孤独な境遇に突き落すのは猶厭でした。」〈同上〉

六

「先生」が借りていた座敷には八畳の室と、その控えの間というような四畳の室があった。玄関から八畳の室へ行くためには四畳の室を通ることになっていた。「先生」は八畳の間に机を並べて生活をする気でいたのだが、Kは一人でいる方が好いといって四畳の室に机を置いた。

「先生」はKを「人間らしくする第一の手段として、まず異性の傍に彼を坐らせる方法を講じた」。〈「先生と遺書」〈二十五〉〉――「先生」は陰にまわって、奥さんと御嬢さんに、なるべくKと話をするように頼んだ。また、「Kと私が話してゐる所へ家の人を呼ぶとか、又は家の人と私が一つ室に落ち合つた所へ、Kを引つ張り出すとか」して奥さんと御嬢さんをKに接近させようとした。するとKの様子が変って来た。初めはあんな無駄話をしてどこが面白いのだといって「先生」を軽蔑していたKが、ある日「先生」に向かって、女はそう軽蔑すべきものではないというような事をいった。ここに「先生」は「はじめ女からも、私同様の知識と学問を要求してゐたらしいのです。左右してそれが見付からないと、すぐ軽蔑の念を生じたものと思われます。今迄の彼は、性によって立場を変える事を知らずに、同じ視線で凡ての男女を一様に観察していたらしいのです」と書くのだが、作者の漱石にも、「今まで」の自分に別れ、「性によつて立場を変へる事」を知った時があったのであろうか、そんな事を思う。

若い「先生」は続けてKに言った、――もし我ら二人だけが男同志で永久に話を交換しているならば、二人はただ直線的に先へ延びて行くに過ぎないだろう。この、御嬢さんに夢中になっていた「先生」の口から「自然」に出た言葉に、Kは尤もだと答えた。「先生」は「裏面の消息」を一切打ち明けようとはしなかったし、KはKで友人の「先生」がかくも深く異性との交情を承知している理由を知ろうともしなかった。「男同志」の友情の世界が「ただ直線的に先へ延びて行くに過ぎない」世界だとしたら、男女の恋愛の世界は、漱石が森田草平にいった、霊と霊との結合を求める世界だともいえるだろうし、人と人が深く交わり絡まり合う世界ともいえるだろう。Kが「尤もだ」と答えた時に、「先生」は驚愕とともに立ち止まりKの顔を凝視すべきであった。だが「先生」は、Kの心持ちを愉快にさせようとした計画がうまく行ったことに酔っていた。

《Kと私は同じ科に居りながら、専攻の学問が違つてゐましたから、自然出る時や帰る時に遅速がありました。私の方が早ければ、たゞ彼の空室を通り抜ける丈ですが、遅いと簡単な挨拶をして自分の部屋へ這入るのを例にしてゐました。Kはいつもの眼を書物からはなして、襖を開ける私を一寸見ます。さうして屹度今帰つたのかと云ひます。私は何も答へないで点頭く事もありますし、或はたゞ「うん」と答へて行き過ぎる場合もありました。》（「先生と遺書」〈二十六〉）

ある日、用があっていつもより帰りが遅くなった「先生」は、「急ぎ足に門前迄来て、格子をがらりと開け」た。と、「先生」は御嬢さんの声を聞いた。

《声は慥(たしか)にKの室から出たと思ひました。玄関から真直ぐに行けば、茶の間、御嬢さんの部屋と二つ続いてゐて、それを左へ折れると、Kの室、私の室、といふ間取(まどり)なのですから、何処(どこ)で誰の声がした位は、久しく厄介になつてゐる私には能(よ)く分るのです。》（同上）

Kの室を抜けようとして襖を開けると、Kと御嬢さんの二人は、そこにちゃんと坐っていた。ここに狐疑を生む、あまりに鋭敏な「先生」の神経が働き始める、――

「Kは例の通り今帰つたかと云ひました。御嬢さんも『御帰り』と坐つた儘(まま)で挨拶しました。私には気の所為(せい)か其(その)簡単な挨拶が少し硬いやうに聞こえました。何処(どこ)かで自然を踏み外してゐるやうな調子として、私の鼓膜(こまく)に響いたのです」（傍点引用者）。――狐疑は続く。家には、奥さんも下女もゐなかつた。つまりKと御嬢さんだけであつた。「先生」は不思議に思つた。今まで奥さんは「先生」と御嬢さんを二人だけにして家を空けたことはなかったから。そのわけは食事の時、奥さんの口から明らかにされた。いつもの時刻に肴屋(さかなや)がやって来なかったので、急遽(きゅうきょ)、町に買い物に出かけなくてはならなくなったということであった。

一週間ばかり後に、「先生」はまた、Kと御嬢さんが一所に話しているKの室を通り抜けた。食後Kを散歩に連れ出した「先生」はKの意中を探った。Kの心を占めていたのは御嬢さんのことではなく、専攻の学科であった。二学年目の試験が目の前に逼(せま)っている頃であったから当然のことであった。Kはシュエデンボルグがどうだとかこうだとかいって「先生」を驚かせた。「先生」は思う、Ｋの方が学生らしい学生であった、と。

七

夏が来た。「先生」は夏休みにＫとどこかへ行きたかった。「先生」はＫと御嬢さんが「段々親しくなって行くのを見てゐるのが」堪らなくなって来たのである。

「先生」は自問する――Ｋを自分の所に連れて来たのはＫの前途を考えて「異性の傍に彼を坐らせ」て、「人間らしくする」ことではなかったか。所期の通りになることが、どうして自分の心持ちを悪くするのか。「先生」は自答する――俺は馬鹿だ。

Ｋは旅行などするよりは本を読んでいたいと言った。避暑地に行って涼しい所で勉強した方がよかろうという「先生」に向かって、Ｋは一人で行ったらよかろうと答えた。果てしのない二人の議論を見るに見かねて、奥さんが仲に入った。二人は房州に行くことになった。房州は千葉の南部である。二人は船で保田（ほた）という所に上陸した。そこから富浦（とみうら）、那古（なこ）と旅した。「総（すべ）て此沿岸は其時分から重（おも）に学生の集まる所でしたから、何処でも我々には丁度手頃の海水浴場だつたのです。」「先生」とＫはよく海岸の岩の上に坐った。岩の上から見下ろす水は、また特別に美しかった。「赤い色だの藍（あい）だの、普通市場に上（のぼ）らないやうな色をした小魚（こうお）が透き通る波の中を、あちらこちらと泳いでゐるのが鮮やかに」見えた。「私は其所（そこ）に坐つて、よく書物をひろげました。Ｋは何もせずに黙つてゐる方が多かつたのです。」（「先生と遺書」〈二十八〉）

《私は時々眼を上げて、Kに何をしてゐるのだと聞きました。Kは何もしてゐないと一口答へる丈でした。私は自分の傍に斯うぢつとして坐つてゐるものが、Kでなくつて、御嬢さんだつたら嘸愉快だらうと思ふ事が能くありました。それ丈ならまだ可いのですが、時にはKの方でも私と同じやうな希望を抱いて岩の上に坐つてゐるのではないかしらと忽然疑ひ出すのです。すると落ち付いて其所に書物をひろげてゐるのが急に厭になります。私は不意に立ち上ります。さうして遠慮のない大きな声を出して怒鳴ります。纏まつた詩だの歌だのを面白さうに吟ずるやうな手緩い事は出来ないのです。只野蛮人の如くにわめくのです。ある時私は突然彼の襟頸を後からぐいと攫みました。斯うして海の中へ突き落したら何うすると云つてKに聞きました。Kは動きませんでした。後向の儘、丁度好い、遣つて呉れと答へました。私はすぐ首筋を抑えた手を放しました。》(〈同上〉・傍点引用者)

八

この「野蛮人」のわめきは、『こころ』の前作『行人』にも描かれている。『行人』は「其人の心を研究しなければ、居ても立つても居られないといふやうな必要に出逢つた」長野一郎という男の凄惨な物語である。「烈しい神経衰弱」に罹った一郎を友人Hは旅に誘い出した。季節は「先生」とKが房州を回った時と同じく夏であった。

一郎とHは箱根の温泉場にいた。その日は夜明けからの小雨が十時頃には本降りに変り、午過ぎには暴模様になった。一郎は突然立ち上って尻を端折り、山の中を歩くと言い出した。次の文はHが一郎の弟二郎に、旅先から出した手紙の一節である。

《兄さんはすぐ呼息(いき)の塞(つま)るやうな風に向つて突進しました。水の音だか、空の音だか、何とも蚊(か)とも喩(たと)へられない響の中を、地面から跳(は)ね上る護謨球(ゴムだま)のやうな勢ひで、ぽんぽん飛ぶのです。さうして血管の破裂する程大きな声を出して、たゞわあつと叫びます。其勢ひは昨夜の隣室の客より何層倍猛烈だか分りません。声だつて彼よりも遥に野獣らしいのです。しかも其原始的な叫びは、口を出るや否(いな)や、すぐ風に攫(さら)つて行かれます。それを又雨が追ひ懸(か)けて砕き尽します。》（「塵労」〈四十三〉・傍点引用者）

『行人』から先に引いた「其人の心を……」の直前に、一郎と二郎は次のような会話を交している。

《「御前他(ひと)の心が解るかい」と突然聞いた。

今度は自分の方が何も云はずに兄を見上げなければならなかつた。

（中略）

「御前の心は己(おれ)に能(よ)く解つてゐる」と兄はすぐ答へた。

「ぢや夫(それ)で好いぢやありませんか」と自分は云つた。

「いや御前の心ぢやない。女の心の事を云つてるんだ」

兄の言語のうち、後一句には火の付いたやうな鋭さがあつた。其(その)鋭さが自分の耳に一種異様の響を伝へた。》（「兄」〈二十〉）

一郎の「猛烈」な「野獣」のような「原始的叫び」は、『こころ』の「先生」の「野蛮人」のわめきと同じものだ。異性を恋うて発せられたものだ。なぜ漱石は、この生命的な叫びを『行人』『こころ』と繰り返したのか。ある年の夏、山か海か、(あるいは山でも海でも)、「血管の破裂する程大きな声を出してたゞわあつと叫」ぶことだけが異性を恋うることであった、そういう時が漱石にあったに違いないのである。

九

御嬢さんを恋って、こころの中に「野蛮人の如」きわめきをもった「先生」は、先に引いたように、房州那古の海岸の岩の上で突然、Kの「襟頸を後からぐいと攫」んで言った、「斯うして海の中へ突き落したら何うする」。Kは少しも動かず答える、「丁度好い、遣つて呉れ」。ここにKの厭世が書かれているのはKを知る上で重要である。厭世こそKという人間の主調低音なのである。それにしても、「先生」の〝野蛮人の如きわめき〟を、Kはどう思って聴いていたのであろうか。Kの反応は『こころ』に書かれていない。Kの厭世の深さが友の〝野蛮人の如きわめき〟を跳ね返したのであろうか。それとも、友の〝野蛮人の如きわめき〟はKの厭世の中に沁み入ったであろうか。恐らく前者であったろうと想われる。

二人はそれぞれの思いで旅を続けた。「先生」は自分の御嬢さんへの恋いをいつKに打ち明けようか。そして、Kは——Kが何を考えていたかを知るエピソードを「先生」は書いている。

小湊という日蓮の生まれた村での事だ。日蓮が生まれた所だからそう名付けられた誕生寺に、Kは行ってみたいと言い出した。二人は、炎暑の中を歩いたり海に入ったりした結果、随分変な格好になっていた。服は垢(あか)だらけで汗臭かった。「先生」はよそうといったが、Kの強情は動かない。二人は広い立派な座敷に通された。Kは坊主にいろいろと日蓮のことを聞いた。

《日蓮は草日蓮(そうにちれん)と云はれる位で、草書が大変上手であつたと坊さんが云つた時、字の拙(まず)いKは、何だ下らないといふ顔をしたのを私はまだ覚えてゐます。Kはそんな事よりも、もつと深い意味の日蓮が知りたかつたのでせう。》（『こころ』「先生の遺書」〈三十〉）

誕生寺の境内を出たKは「先生」に向かってしきりに日蓮のことを話した。「先生」は暑さと疲れで、口先ばかりの好い加減な挨拶の後、全く黙ってしまった。翌日の夜、Kは日蓮の話に「先生」が取り合わなかったのを詰(なじ)った、——精神的に向上心がないものは馬鹿だ。「先生」は、Kを「人間らしく」するために奥さんと御嬢さんがいる家に連れて来たように、よく「人間らしい」という言葉を使った。Kはこの「人間らしい」という言葉を「批難」した。後から考えればKのいう通りであると反省した「先生」も「御嬢さんの事が蟠(わだか)まつてゐ」た当時は、自説を主張して譲らなかった。Kは俺のどこが人間らしくないのだと聞いた。「先生」は答える、君は人間らしいのだ、あるいは人間らし過ぎるかも知れないのだ、けれども口の先だけでは人間らしくないような事をいうのだ、また人間らしくないように振舞おうとするのだ。この、「先生」の、為になされた批評は、Kをだんだんと沈ませ「悵然(ちょうぜん)（注、心がいたむさま）」とさせた。——自分の修養が足りないから、他にはそう見えるかも知れない。Kは「霊のために肉を虐げたり、道のために体を鞭(むちう)つたりした所謂(いわゆる)難行苦行の人」を目標に「精進」していたのである。「先生」が御嬢さんで頭が一杯であったときに、Kは全然別種の「もつと深い意味」あるもの、「道」のことを考え続けていたのである。

十

夏が過ぎて九月の中頃から学校が始まった。

十月の中頃、寝坊した「先生」は日本服のまま学校へ急いだ。靴も編上げを結んでいる時間がないので、草履(ぞうり)を突っかけて飛び出した。その日は、Kよりも「先生」の方が早く帰れる時間割であった。ところが玄関の格子を開けると、Kの声とともに御嬢さんの笑い声が「先生」の耳に響いた。その日は手数のかかる編上げではなかったから、「先生」はすぐに襖に手を掛けることができた。「先生」はKの室から逃れ出ようとする御嬢さんの後姿を認めた。間もなくお茶を持って御嬢さんが「先生」のところにやって来てお帰りといった。すぐ座を立つた御嬢さんはKの室の前に「立ち留(ど)まつて、一言二言内と外とで話してゐ」た。

それから「御嬢さんの態度がだんだん平気になつて来」た。「先生」が一所に宅にいる時でも、よくKの室の前に来てKの名を呼ぶようになった。

「十一月の寒い雨の降る日の事で」あった。外套(がいとう)を濡(ぬ)らして「先生」は宅に帰った。「先生」より遅く帰る筈のKの室の火鉢に火が暖かそうに燃えていた「先生」は「冷たい手を早く赤い炭の上に翳(かざ)さうと思つて」自分の室に入ると、「先生」の「火鉢には冷たい灰が白く残つてゐる丈(だけ)で」あった。「先生」の足音を聞いて出て来た奥さんにKが帰宅し、すぐ出て行ったことを確認した「先生」は、Kが早く帰宅した理由を知りたかった。しかし奥さんは確答できなかった。

自分の部屋で本を読んでいた「先生」には「初冬の寒さと侘びしさ」とが、「身体に食ひ込むやうな感じ」がした。「先生」は「賑やかな所へ行きたくなつた。」雨は止んでいた。「砲兵工廠の裏手の土塀について東へ坂を下り」た。道は「どろどろ」であった。特に「細い石橋を渡つて柳町の通りへ出る間が非道かつた」。舗装された道などまだまだありもしないころのことである。

《足駄でも長靴でも無暗に歩く訳には行きません。誰でも路の真中に自然と細長く泥が掻き分けられた所を、後生大事に辿つて行かなければならないのです。其幅は僅か一二尺しかないのですから、手もなく往来に敷いてある帯の上を踏んで向へ越すのと同じ事です。行く人はみんな一列になつてそろそろ通り抜けます。私は此細帯の上で、はたりとKに出合ひました。足の方にばかり気を取られてゐた私は、彼と向き合ふ迄、彼の存在に丸で気が付かずにゐたのです。私は不意に自分の前が塞がつたので偶然眼を上げた時、始めて其処に立つてゐるKを認めたのです。私はKに何処へ行つたのかと聞きました。Kは一寸其処迄と云つたぎりでした。彼の答へは何時もの通りふんといふ調子でした。Kと私は細い帯の上で身体を替せました。》（「先生と遺書」〈三十二〉）

Kと「身体を替せ」た「先生」は驚いた。Kのすぐ後ろから来た「若い女」が御嬢さんだったからである。

《するとKのすぐ後に一人の若い女が立つてゐるのが見えました。近眼の私には、今迄それが能く分らなかつたのですが、Kを遣り越した後で、其女の顔を見ると、それが宅の御嬢さんだつたので、私は少からず驚ろきました。御嬢さんは心持薄赤い顔をして、私に挨拶をしました。其時分の束髪は今と違つて廂が出てゐないのです。さうして頭の真中に蛇のやうにぐるぐる巻きつけてあつたものです。私はぼんやり御嬢さんの頭を見てゐましたが、次の瞬間に、何方か路を譲らなければならないのだといふ事に気が付きました。私は思ひ切つてどろどろの中へ片足踏ん込みました。さうして比較的通り易い所を空けて、御嬢さんを渡して遣りました。》〈同上〉

二人は一緒に出掛けたのであろうか。どこへ出掛けたのであろうか。どんな言葉を交わしたのであろうか。二人の心はどのように動いたのであろうか。烈しい「嫉妬」の炎の渦中で「先生」は「何処へ行つて好いか分らなくな」った。「何処へ行つても面白くないやうな心持がするのです。私は飛泥の上がるのも構はずに、糠る海の中を自暴にどしどし歩きました。」

宅に帰った「先生」はKに二人連れ立って出掛けたのかと聞いた。Kは「さうではない」、「真砂町で偶然出会つたから連れ立つて帰つて来たのだと説明し」た。「先生」は御嬢さんに向かっても同じ質問をしたくなった。すると御嬢さんは、「若い女」が「下らない事に能く笑」う、そういう笑いをしながら、「何処へ行つたか中てて見ろ」と言った。「癇癪持」だった「先生」は不快な表情を表に表わした。しかし、そこに気付くのは奥さん一人であった。Kは無頓着であった。御嬢さんの態度は、「知つてわざと遣るのか、知らないで無邪気に遣るのか、其処の区別が一寸判然しない点があ」った。

十一

「先生」は御嬢さんに対する自分のこころを打ち明けようとして何度もためらって来た。初めは叔父が「先生」の財産を気兼ねなく使うために自分の娘を「先生」と結婚させたがったように、奥さんが娘の御嬢さんを「先生」と一緒にさせようとしているのではないかと疑った。戦争で夫を亡くした奥さんの家の経済が楽であろう筈がなかろうから。「先生」には奥さんが叔父同様の「狡猾な策略家」と映ったのである。「先生」は自分を罵った。娘に強い愛情を抱きながら、その母親を警戒して何になるのだろう、と。すると「先生」のこころに一つの疑問が生まれた。二人が私の背後で打ち合せをした上で、「先生」に対しているのではなかろうか、と。「先生」は御嬢さんも「策略家」ではないのかと疑ったのである。父親さえ信用した叔父に裏切られた「先生」の傷は深く今も疼いているのである。

　しかし、「先生」は一方で「御嬢さんを固く信じて疑はなかつたのです。だから私は信念と迷ひの途中に立つて、少しも動く事が出来なくなつて仕舞ひました。」（「先生と遺書」〈十五〉）

　Kが「先生」のいる下宿先へ来る前のある日のことだ。茶の間か、御嬢さんの室で突然、男の声がした。

《其声が又私の客と違つて、頗ぶる低いのです。だから何を話してゐるのか丸で分らないのです。さうして分らなければ分らない程、私の神経に一種の昂奮を与へるのです。私は坐つてゐて変にいらいらし出します。私はあれは親類なのだらうか、それとも唯の知り合ひなのだらうかとまづ考へて見るのです。夫から若い男だらうか年輩の人だらうかと思案して見るのです。坐つてゐてそんな事の知れやう筈がありません。さうかと云つて、起つて行つて障子を開けて見る訳には猶行きません。私の神経は震へるといふよりも、大きな波動を打つて私を苦しめます。私は客の帰つた後で、屹度忘れずに其人の名を聞きました。御嬢さんや奥さんの返事は、又極めて簡単でした。私は物足りない顔を二人に見せながら、物足りる迄追窮する勇気を有つてゐなかつたのです。権利は無論有つてゐなかつたのでせう。私は自分の品格を重んじなければならないといふ教育から来た自尊心と、現に其自尊心を裏切してゐる物欲しさうな顔付とを同時に彼等の前に示すのです。彼等は笑ひました。それが嘲笑の意味でなくつて、好意から来たものか、又好意らしく見せる積なのか、私は即座に解釈の余地を見出し得ない程落付を失つてしまふのです。さうして事が済んだ後で、いつまでも、馬鹿にされたのだ、馬鹿にされたんぢやなからうかと、何遍も心のうちで繰り返すのです。》（「先生と遺書」〈十六〉）

「先生」は叔父に財産をかなり横領されたとはいえ、これから先食うに困らない財産は持っていた。「思ひ切つて奥さんに御嬢さんを貰ひ受ける話をして見やうかと決心した事がそれ迄に何度となくあ」った。しかし「先生」は躊躇した。「断られるのが恐ろしいからでは」なかった。「誘き寄せられるのが厭でした。他の手に乗るのは何よりも業腹でした。叔父に欺まされた私は、是から先何んな事があつても、人には欺まされまいと決心したのです。」〈同上〉

Kのことで嫉妬心を煽られた「先生」は「躊躇してゐた自分の心を」「一思ひに」打ち明けようと考え出した。そう決心しながら、「先生」は一日一日と、「断行の日を延ばして行つた」。「Kの来ないうちは、他の手に乗るのが厭だ」った「先生」は、「Kの来た後は、もしかすると御嬢さんがKの方に意があるのではなからうかといふ疑念」に絶えず制せられていたのである。

ここに「先生」は後悔と失意の念を滲ませて、自己の恋愛観を語る。

《果して御嬢さんが私よりもKに心を傾むけてゐるならば、此恋は口へ云ひ出す価値のないものと私は決心してゐたのです。耻を掻かせられるのが辛いなどゝ云ふのとは少し訳が違ます。此方でいくら思つても、向ふが内心他の人に愛の眼を注いでゐるならば、私はそんな女と一所になるのは厭なのです。世の中では否応なしに自分の好いた女を嫁に貰つて嬉しがつてゐる人もありますが、それは私達より余つ程世間ずれのした男か、さもなければ愛の心理がよく呑み込めない鈍物のする事と、当時の私は考へてゐたのです。一度貰つて仕舞へば何うか斯うか落ち付くものだ位の哲理では、承知する事が出来ない位私は熱してゐました。つまり私は極めて高尚な愛の理論家だつたのです。同時に尤も迂遠な愛の実際家だつたのです。》（「先生と遺書」〈三十四〉）

十二

「先生」は「どちらの方面へ向つても進む事が出来ずに立ち竦んでゐ」た。

「年が暮れて春にな」った。ある日、奥さんから歌留多をするから友達を連れて来ないかとの誘いがあった。Kは友達なぞ一人もいないと答えて奥さんを驚かせた。「先生」は陽気な遊びをする精神状態ではなかった。ところが晩になって二人とも御嬢さんに引っ張り出された。客は一人も来なかったのですこぶる静かな歌留多であった。

《私はKに一体百人一首の歌を知つてゐるのかと尋ねました。Kは能く知らないと答へました。私の言葉を聞いた御嬢さんは、大方Kを軽蔑するとでも取つたのでせう。それから眼に立つやうにKの加勢をし出しました。仕舞(しまい)には二人が殆(ほと)んど組になつて私に当るといふ有様になつて来ました。私は相手次第では喧嘩(けんか)を始めたかも知れなかつたのです。幸ひにKの態度は少しも最初と変りませんでした。彼の何処にも得意らしい様子を認めなかつた私は、無事に其場(その)を切り上げる事が出来ました。》(「先生と遺書」〈三十五〉)

Kは房州から帰ってから少なくとも三度、御嬢さんという若い女性をほとんど肌に触れんばかりに近くに感じていた。

最初は、十月の中頃、寐坊(ねぼう)した「先生」が「草履を突つかけて飛び出した」日である。帰宅した「先生」が玄関の格子を開けると、Kの声とともに御嬢さんの「笑ひ声」が聞こえた。Kは御嬢さんの「笑ひ声」を満身に浴びたのである。これ以後、「御嬢さんの態度がだんだん平気になつて来」たとあるから、Kは何度となく御嬢さんの「声」が総身をさわるのを経験したに相違ない。

二度目は、「十一月の寒い雨の降る日」であった。「先生」は「どろどろ」した、「其幅が一二尺しかない」往来でKとその後ろに連なって歩く御嬢さんに出交わしたのであった。志賀直哉の『暗夜行路』に、

《南禅寺の裏から疏水(そすい)を導き、又それを黒谷に近く田圃(たんぼ)を流し返してある人工の流れについて二人は帰つ

て行つた。並べる所は並んで歩いた。並べない所は謙作が先に立つて行つたが、その先に立つてゐる時でも、彼は後から来る直子の、身体の割りにしまつた小さい足が、きちんとした真白な足袋で、褄をけりながら、すつすつと賢こ気に踏み出されるのを眼に見るやうに感じ、それが如何にも美しく思はれた。さういふ人が――さういふ足が、すぐ背後からついて来る事が、彼には何か不思議な幸福に感ぜられた。》（後篇第三〈十二〉）

とある。異性と会話らしい会話を交したことのないKが「並べる所は並んで歩いた」とは想われないが、「先に立つて」歩いているKに、「後から来る」御嬢さんの総体が「眼に見るやうに感じ」られなかつたらうか。「さういふ人が――さういふ足が、すぐ背後からついて来る事」が、Kには、早く母を亡くし、誰にも甘えたことのなかった、いや甘えることを峻拒して生きて来たKには、「何か不思議な幸福に感ぜられ」なかったろうか。

三度目が歌留多の日である。この日、女性の柔らかく温かい優しさによって自身の冷たい痩軀が包まれるのを、Kは感じたに相違ない。Kの驚きは、自身の態度が「少しも最初と変」らぬ硬直となって表われた。この日の御嬢さんの、「眼に立つやうにKの加勢をし出し」た態度から、Kが「先生」と御嬢さんの間に深い男女の交情があると思う筈がないのである。

十三

歌留多のあった日から、二、三日経った。奥さんと御嬢さんは朝から市ヶ谷の親類の所へ出掛けて行った。学校のまだ始まらない「先生」とKは留守番同様にあとに残っていた。二人とも自室で、いるのかいないのかわからないくらい静かであった。

十時頃であった。「Kが不意に仕切の襖を開けて私と顔を見合せました。彼は敷居の上に立った儘（まま）、私に何を考へてゐると聞きました。」「先生」は何を考へてゐるのかゐないのか分からないやうな状態であつた。強ひていへば御嬢さんのことを考へてゐたのである。そして今ではその御嬢さんに、Kが「切り離すべからざる人のやうに」、「食（く）つ付いて」ゐて、「先生」の「頭の中をぐるぐる回（めぐ）つて」いたのである。

「先生」はKの問いに対して何も答えず依然として黙っていた。「するとKの方からつかつかと私の座敷へ入つて来て、私のあたつてゐる火鉢の前に坐」った。Kはいつもの彼に似合はない話を始めた。奥さんと御嬢さんは市ヶ谷のどこへ行ったのだろう、その叔母さんは何だ、年始は大抵十五日すぎだのに、何故そんなに早く出掛けたのだろう。「先生」は不思議に思った。Kの調子もいつもとは違っていた。「先生」は「とうとう何故今日に限つてそんな事ばかり云ふのか」とKに尋ねた。Kは「元来無口な男」であった。「平生から何か云はうとすると、云ふ前に能く口のあたりをもぐもぐさせる癖」があった。その「無口な」Kが一旦口を破ると、「其声（その）には普通の人よりも倍の強い力」があった。「先生」はKとの短くない付き合いからそのことをよく知っていた。

その日のKにも「口元の肉が顫（ふる）へるやうに動いてゐる」のを「先生」は注視していた。「先生」は「何か出て来るな」と思った。しかし、「それが果して何の準備なのか、私の予覚は丸でなかった」。そしてKの「魔法棒のために一度に化石にされた」のではないかと思えるほど「先生」は驚いた。——Kは「重々しい口から」、「御嬢さんに対する切ない恋を打ち明け」始めたのである。

《其時の私は恐ろしさの塊り(かたま)と云ひませうか。又は苦しさの塊りと云ひませうか。何しろ一つの塊りでした。石か鉄のやうに頭から足の先までが急に固くなつたのです。呼吸をする弾力性さへ失はれた位に堅(かた)くなつたのです。幸ひな事に其状態は長く続きませんでした。私は一瞬間の後に、また人間らしい気分を取り戻しました。さうして、すぐ失策(しま)つたと思ひました。先を越(こ)されたなと思ひました。》(「先生と遺書」〈三十六〉)

「先生」がこう思いながら、「腋(わき)の下から出る気味のわるい汗が襯衣(しやつ)に滲み透(とお)るのを凝(じつ)と我慢して動かずに」いる間も、Kは「何時(いつ)もの通り重い口を切つては、ぽつりぽつりと自分の心を打ち明けて行」った。

《私は苦しくつて堪(たま)りませんでした。恐らく其苦しさは、大きな広告のやうに、私の顔の上に判然(はつき)りした字で貼(は)り付けられてあつたらうと私は思ふのです。いくらKでも其所(そこ)に気の付かない筈はないのですが、彼は又彼で、自分の事に一切を集中してゐるから、私の表情などに注意する暇がなかつたのでせう。彼の自白は最初から最後まで同じ調子で貫ぬいてゐました。重くて鈍(のろ)い代りに、とても容易な事では動かせないといふ感じを私に与へたのです。私の心は半分其自白を聞いてゐながら、半分どうしやうどうしやうといふ念に絶えず掻(か)き乱されてゐましたから、細かい点になると殆んど耳へ入らないと同様でしたが、それでも彼の口に出す言葉の調子だけは強く胸に響きました。そのために私は前いつた苦痛ばかりでなく、ときには一種の恐ろしさを感ずるやうになつたのです。つまり相手は自分より強いのだといふ恐怖の念が萌し始めたのです。》（〈同上〉）

Kの告白を聴いた「先生」は一言も発する気にはなれなかった。「先生」とKは二人だけの不味い昼飯を無言のうちに終え、二人はそれぞれ自室に引き取った。「Kの静かな事は朝と同じでした。私も凝と考へ込んでゐました。」「先生」には自分の失策が悔やまれた。どうしてKの自白に対して、こちらからも「逆襲」して、自分の気持ちをKに告白しなかったのか。Kの自白が一段落した今、こちらから切り出すのは変に思われた。「先生」はもう一度Kが「襖を開けて向ふから突進してきて呉れゝば好い」と思った。「先生」は時々眼を上げて、襖を眺めた。

《しかし其襖は何時迄経つても開きません。さうしてKは永久に静なのです。》（「先生と遺書」〈三十七〉・傍点引用者）

ここで『こころ』に初めて使われた「永久」といふ言葉は『こころ』の第三部「先生と遺書」の中で度々使われる。

この、友人Kの恋の告白は、「先生」から「時間」というものを奪ってしまったのである。「永久に静」とは、それ以後、「時間」が経たぬということなのである。「永久」とは、取り返しのできぬ時間が過ぎ去ったことを示している。「先生」はそれ以来、少しも年齢を取らぬのだ。Kの自白の衝撃の生々しさが、歳月をいくら閲(けみ)しても鮮烈に、歴歴(ありあり)と感じられるのである。「先生」は語る、「私は永久彼に祟(たた)られたのではなからうか」。〈同上〉・傍点引用者）「先生」は凍り付くような静寂さの中で「永久」に生きて行かなくてはならぬのだ。それは、人のよくなし得ることではなかろう。

十四

その日の夕食に間に合うように、奥さんと御嬢さんは帰って来た。その夕食の時のことであった。

《奥さんは私に何(ど)うかしたのかと聞きました。私は少し心持が悪いと答へました。実際私は心持が悪かったのです。すると今度は御嬢さんがKに同じ問を掛けました。Kは私のやうに心持が悪いとは答へません。たゞ口が利きたくないからだといひました。御嬢さんは何故口が利きたくないのかと追窮しました。私は其時ふと重たい瞼(まぶた)を上げてKの顔を見ました。私にはKが何と答へるだらうかといふ好奇心があつたのです。Kの唇は例のやうに少し顫(ふる)へてゐました。それが知らない人から見ると、丸(まる)で返事に迷つてゐるとしか思はれないのです。御嬢さんは笑ひながら又六(む)づかしい事を考へてゐるのだらうと云ひました。Kの顔は心持薄赤くなりました。》（「先生と遺書」〈三十八〉）

気分の勝(すぐ)れない「先生」は早く床へ入った。「先生」は暗い中で考えていた。「洋燈(ランプ)の光がKの机から斜にぼんやりと」「先生」の室に差し込んでいることから、Kの起きていることが知れた。「先生」は考え続けた。

《私は突然Kが今隣りの室で何をしてゐるのだらうと思ひ出しました。私は半ば無意識においと声を掛けました。すると向ふでもおいと返事をしました。Kもまだ起きてゐたのです。私はまだ寐ないのかと襖ごしに聞きました。もう寐るといふ簡単な挨拶がありました。何をしてゐるのだと私は重ねて問ひました。今度はKの答がありません。其代り五六分経つたと思ふ頃に、押入をがらりと開けて、床を延べる音が手に取るやうに聞こえました。私はもう何時かと又尋ねました。Kは一時二十分だと答へました。やがて洋燈をふつと吹き消す音がして、家中が真暗なうちに、しんと静まりました。

然し私の眼は其暗いなかで愈冴えて来るばかりです。私はまた半ば無意識な状態で、おいとKに声を掛けました。Kも以前と同じやうな調子で、おいと答へました。私は今朝彼から聞いた事に就いてもつと詳しい話をしたいが、彼の都合はどうだと、とうとう此方から切り出しました。私は無論襖越にそんな談話を交換する気はなかつたのですが、Kの返答だけは即座に得られる事と考へたのです。所がKは先刻から二度おいと呼ばれて、二度おいと答へたやうな素直な調子で、今度は応じません。左右だなあと低い声で渋つてゐます。私は又はつと思はせられました。》〈同上〉

翌日になっても、翌々日になっても、Kは「自分から進んで例の問題に触れようと」はしなかった。「先生」は折りを見つけてこちらから口を切ろうと決心した。同時にKの自白が「先生」一人だけに対してなされたものか、はたまた宅の者に対してもなされたものかを「観察」した。そして奥さんにも御嬢さんの素振りにも何ら平生と変った点がないことを認めて「少し安心した。」それで「先生」は例の問題は無理に機会を拵(こしら)えて、話を持ち出すよりも、「自然の与へてくれる」（傍点引用者）機会を待つことにした。

そのうちに学校が始まった。ある日、「先生」は図書館で調べものをしていた。一心に雑誌を読んでいる「先生」の、幅の広い机の向ふ側から「先生」の名を呼ぶ声がした。Kであった。「その上半身を机の上に折り曲げるやうにして」自分の顔を私に近づけたKは、散歩に行かないかと誘った。少し待っていればしてもいいと答えた「先生」を待って、前の空席に坐って待っているKのことが気になって、「先生」は集中力を失ってしまった。「先生」は読みかけの雑誌を伏せて立ち上がった。Kはもう済んだのかと聞いた。「先生」は、どうでもいいのだ、と答えた。

二人は別に行くところもなかったので、上野の公園の中に入った。Kは自分から「例の事件」について口を切った。Kは、どう思う、と聞いた、「恋愛の淵(ふち)に陥(おち)いった彼を、何(ど)んな眼で私が眺めるか」、それを「先生」に尋ねて来たのである。「先生」はこのとき、「狐疑(こぎ)」の中にいた。「先生」が恋愛の渦中にあって、自己のためにKを「観察」していたのに比して、Kは自分の言動を内省の眼をもって批判し続けていたのである。御嬢さんという一点でものを見ていた「先生」は、Kに「平生と異なる点を確かに認め」、彼を追い込んで行く。Kは「斯(こ)うと信じたら一人でどんどん進んで行く丈の度胸もあり勇気もある男」であると、養家との確執でも「其特色を強く胸の裏(うち)に彫り付けられ」ていた「先生」は、その日のKが「是(これ)は様子が違ふと明らかに意識」させられた。

《私がKに向つて、此際(この)何んで私の批評が必要なのかと尋ねた時、彼は何時(いつ)もにも似ない悄然(しょうぜん)（注、憂えなやむさま）とした口調で、自分の弱い人間であるのが実際恥づかしいと云ひました。さうして迷つてゐるから自分で自分が分らなくなつてしまつたので、私に公平な批評を求めるより外に仕方がないと云ひました。私は隙かさず迷ふといふ意味を聞き糺しました。彼は進んで可いか退ぞいて可いか、それに迷ふのだと説明しました。私はすぐ一歩先へ出ました。さうして退ぞかうと思へば退ぞけるのかと彼に聞きました。すると彼の言葉が其所で不意に行き詰りました。彼はたゞ苦しいと云つた丈でした。実際彼の表情には苦しさうな所がありありと見えてゐました。もし相手が御嬢さんでなかつたならば、私は何んなに彼に都合の好い返事を、その渇き切つた顔の上に慈雨の如く注いで遣つたか分りません。私はその位の美くしい同情を有つて生れて来た人間と自分ながら信じてゐます。然し其時の私は違つてゐました。》（「先生と遺書」〈四十〉）

『こころ』の読者であれば承知しているように、「渇き切つた顔」をもっていたのはKだけではなかった。「先生」はまず、Kが房州で「先生」に言った「精神的に向上心のないものは馬鹿だ」という言葉を、「苦しさうな所がありありと見え」るKに向つて言い放った。「先生」は振り返って思う、以前自分に向って放たれたこの言葉をもって復讐しようとしたのでは決してない。「私は復讐以上に残酷な意味を有つてゐたといふ事を自白します。私は其一言でKの前に横たはる恋の行手を塞がうとしたのです。」

Kは「精進」という言葉が好きであった。Kは妻帯を認めている真宗の寺に生まれた男であったが、「禁慾」という意味以上の厳重な意味を「精進」という言葉にこめているのを、ある日Kから聞かされた「先生」は驚いたことがあった。「道のためには凡てを犠牲にすべきものだと云ふのが彼の第一信条なのですから、摂慾や禁慾は無論、たとひ慾を離れた恋そのものでも道の妨害になるのです。」このような信条をもって生きて来たKにとって、「精神的に向上心のないものは馬鹿だ」と言われることは、「先生」の打算どおり、痛棒であったに相違なかろう。Kは「立ち留つた儘」「地面の上を見詰め」て言った、「僕は馬鹿だ」。

「もし誰か私の傍へ来て、御前は卑怯だと一言私語いて呉れるものがあつたなら、私は其瞬間に、はつと我に立ち帰つたかも知れません」と「先生」は述懐する。「先生」は、「余りに正直」な、「余りに単純」なKに、「狼の如き心」を向けていたと自白するのである。


《「もう其話は止めやう」と彼が云ひました。彼の眼にも彼の言葉にも変に悲痛な所がありました。私は一寸挨拶が出来なかつたのです。するとKは、「止めてくれ」と今度は頼むやうに云ひ直しました。私は其時彼に向つて残酷な答を与へたのです。狼が隙を見て羊の咽喉笛へ食ひ付くやうに。

「止めて呉れつて、僕が云ひ出した事ぢやない、もともと君の方から持ち出した話ぢやないか。然し君が止めたければ、止めても可いが、たゞ口の先で止めたつて仕方があるまい。君の心でそれを止める丈の覚悟がなければ。一体君は君の平生の主張を何うする積なのか」

私が斯う云つた時、背の高い彼は自然と私の前に萎縮して小さくなるやうな感じがしました。彼はいつも話す通り頗る強情な男でしたけれども、一方では又人一倍の正直者でしたから、自分の矛盾などをひどく非難される場合には、決して平気でゐられない質だつたのです。私は彼の様子を見て漸やく安心しました。すると彼は卒然「覚悟？」と聞きました。さうして私がまだ何とも答へない先に「覚悟、――覚悟ならない事もない」と付け加へました。彼の調子は独語のやうでした。又夢の中の言葉のやうでした。》（「先生と遺書」〈四十二〉・傍点引用者）

冬の公園は淋しかった。「霜に打たれて蒼味を失つた杉の木立の茶褐色が、薄黒い空の中に、梢を並べて聳えてゐ」た。「先生」は「寒さが背中へ噛り付いたやうな心持がし」た。Kの様子を窺っていた「先生」には蕭条とした公園の冬景色は眼に入ったが、眼をいつも内に向けているKには季節のうつろいは無縁なものであったろう。

十五

その夜、「先生」は、「Kが室へ引き上げたあとを追ひ懸けて、彼の机の傍に坐り込」んだ。迷惑そうなKを前に、「取り留めもない世間話をわざと」仕向けた「先生」の声には「得意の響き」があった。自室に戻った「先生」は程なく穏やかな眠りに落ちた。

《然し突然私の名を呼ぶ声で眼を覚ましました。見ると、間の襖が二尺ばかり開いて、其所にKの黒い影が立つてゐます。さうして彼の室には宵の通りまだ燈火が点いてゐるのです。急に世界の変つた私は、少しの間口を利く事も出来ずに、ぼうつとして、其光景を眺めてゐました。

其時Kはもう寐たのかと聞きました。Kは何時でも遅く迄起きてゐる男でした。私は黒い影法師のやうなKに向つて、何か用かと聞き返しました。Kは大した用でもない、たゞもう寐たか、まだ起きてゐるかと思つて、便所へ行つた序に聞いて見た丈だと答へました。Kは洋燈の灯を背中に受けてゐるので、彼の顔色や眼つきは、全く私には分りませんでした。けれども彼の声は不断よりも却つて落ち付いてゐた位でした。

Kはやがて開けた襖をぴたりと立ち切りました。私の室はすぐ元の暗闇に帰りました。私は其暗闇より静かな夢を見るべく又眼を閉ぢました。私はそれぎり何も知りません。》（「先生と遺書」〈四十三〉）

翌朝、不思議に思って、「先生」はKに聞いた。Kは確かに襖を開けて私の名を呼んだと答えた。しかし、なぜ私の名を呼んだのかという問いには、はっきりと答えなかった。「先生」は、Kが御嬢さんのことで何か言うつもりであったのではないかと考えた。しかし、Kは、そうではない、と強い調子で言い切った。それは、「昨日上野で『其話はもう止めよう』と云つたではないかと注意する」ように、「先生」には聞こえた。「先生」には改めて、Kが自尊心の強い男であることが想い起こされた。その時、ふとKが上野の公園で、「覚悟」という言葉を使ったことを、「先生」は突然想い起した。

Kが「果断に富んだ性格」の持ち主であることが「先生」に思い出された。恋愛については、Kは元来鈍い人間であると解っていたから、「先生」は、御嬢さんのいる自分の下宿へ彼を引っ張って来たのである。しかし、Kが言った「覚悟」という言葉を、「何遍も咀嚼してゐるうちに、私の得意はだんだん色を失なつて、仕舞にはぐらぐら揺ぎ始め」た。「凡ての疑惑、煩悶、懊悩、を一度に解決する最後の手段を、彼は胸のなかに畳み込んでゐるのではなからうかと疑ぐり始めた」。そういう新しい光で「覚悟」の二字を眺めた「先生」は驚いた。「Kが御嬢さんに対して進んで行くといふ意味に」、「覚悟」といふ言葉を解釈したからである。

「先生」は忘れていた。最初に「覚悟」という言葉を使ったのは「先生」自身であったということを。「先生」こそKに「覚悟」の程を確かめたのであった。「先生」はKに言った、「止めたければ、止めても可いが、たゞ口の先で止めたつて仕方があるまい。君の心でそれを止める丈の覚悟がなければ。」この問いに対して、Kはしばらくの沈思の後に、「卒然『覚悟？』」と自問し、「覚悟、――覚悟ならない事もない」と自答したのであった。Kの「覚悟」には倫理性の影が濃厚に射しているのであるが、若き「先生」の「覚悟」には現代の軽薄の臭いがこびりついている。つまり、Kは自らに向って「覚悟」を問うているのだが、「先生」は自らを捨象して他人に向って「覚悟」を問うているのである。だから「先生」はKの用いた「覚悟」という言葉を初めて聞くように感じ、驚いたのである。

《私は私にも最後の決断が必要だといふ声を心の耳で聞きました。私はすぐ其声に応じて勇気を振り起しました。私はKより先に、しかもKの知らない間に、事を運ばなくてはならないと覚悟を極めました。》（「先生と遺書」〈四十四〉・傍点引用者）

「先生」は機会を見つけて、奥さんに「談判を開かうか」と考えた。「先生」には、当人の御嬢さんに直接に自分の気持ちを打ち明けるのは、「日本の習慣として、許されてゐないのだ」という自覚が強くあった。Kも御嬢さんもいず、奥さんと二人きりになる日はなかなか来なかった。

一週間後に「先生」はとうとう堪え切れなくなって仮病を遣って休んだ。朝飯とも午飯ともつかない食事をした後、「先生」は奥さんに、Kが近頃何か言いはしなかったかと聞いて見た。奥さんは「何を？」と反問して来た。「あなたに何か仰やつたんですか」。Kの打ち明け話を伝える気のない「先生」は「いいえ」と言ってKの話を打ち切った。「先生」は突然、奥さんに切り出した。

《「奥さん、御嬢さんを私に下さい」と云ひました。奥さんは私の予期してかゝつた程驚ろいた様子も見せませんでしたが、それでも少時返事が出来なかつたものと見えて、黙つて私の顔を眺めてゐました。一度云ひ出した私は、いくら顔を見られても、それに頓着などはしてゐられません。「下さい、是非下さい」と云ひました。「私の妻として是非下さい」と云ひました。奥さんは年を取つてゐる丈に、私よりずつと落付いてゐました。「上げてもいゝが、あんまり急ぢやありませんか」と聞くのです。私が「急に貰ひたいのだ」とすぐ答へたら笑ひ出しました。さうして「よく考へたのですか」と念を押すのです。私は云ひ出したのは突然でも、考へたのは突然でないといふ訳を強い言葉で説明しました。

それから未だ二つ三つの問答がありましたが、私はそれを忘れて仕舞ひました。男のやうに判然した所のある奥さんは、普通の女と違つて斯んな場合には大変心持よく話の出来る人でした。「宜ござんす、差し上げませう」と云ひました。「差し上げるなんて威張つた口の利ける境遇ではありません。どうぞ貰つて下さい。御存じの通り父親のない憐れな子です」と後では向ふから頼みました。

話は簡単で明瞭に片付いてしまひました。最初から仕舞迄に恐らく十五分とは掛らなかつたでせう。奥さんは何の条件も持ち出さなかつたのです。親類に相談する必要もない、後から断ればそれで沢山だと云ひました。本人の意向さへたしかめるに及ばないと明言しました。そんな点になると、学問をした私の方が、却つて形式に拘泥する位に思はれたのです。親類は兎に角、当人にはあらかじめ話して承諾を得るのが順序らしいと私が注意した時、奥さんは「大丈夫です。本人が不承知の所へ、私があの子を遣る筈がありませんから」と云ひました。》（「先生と遺書」〈四十五〉）

Kは、自分が知らぬところで、失恋したのである。

ここで注意したいのは、「先生」と奥さんのやり取りに、あるおかしみが出ていることである。「上げてもいゝが、あんまり急ぢやありませんか」と聞く奥さんに、「急に貰ひたいのだ」と答えるやり取りには、「先生」の自然が出ているように思われる。悲痛な物語である「先生と遺書」の中で唯一ここだけに笑いがある。狐疑によって自然な振る舞いを抑制されて来た「先生」の本然の気持ち——御嬢さんを私に下さい、という気持ちが発露したからである。しかし、それがKを出し抜こうとした策略の中であったことが「先生」の悲劇なのである。

室に戻った「先生」は、奥さんと御嬢さんが話をするのを想像すると、とても落ち着いてじっとしていられないような気がした。「先生」は外へ出た。途中、驚いた顔をして、病気は癒(なお)ったのかと聞く御嬢さんと行き合った。「先生」は「えゝ、癒りました、癒りました」と言ってずんずん水道橋の方へ曲った。「先生」は水道橋、猿楽町(さるがくちょう)、神保町(じんぼうちょう)、小川町、万世橋(まんせいばし)、明神(みょうじん)の坂、本郷台、菊坂そして小石川と歩き回った。「先生」は散歩の途中、奥さんと御嬢さんの話を想像した。想像しては立ち留まり、立ち留まっては想像した。その時のことを振り返って「先生」は思う、この長い散歩の間、殆どKのことは考えなかった、と。「先生」はその不思議さに打たれた。

《今其時の私を回顧して、何故だと自分に聞いて見ても一向分りません。たゞ不思議に思ふ丈(だけ)です。私の心がKを忘れ得る位、一方に緊張してゐたと見ればそれ迄ですが、私の良心が又それを許すべき筈はなかつたのですから。
Kに対する私の良心が復活したのは、私が宅の格子を開けて、玄関から坐敷へ通る時、即ち例のごとく彼の室を抜けやうとした瞬間でした。彼は何時もの通り机に向つて書見をしてゐました。彼は何時もの通り書物から眼を放して、私を見ました。然し彼は何時もの通り今帰つたのかとは云ひませんでした。彼は「病気はもう癒いのか、医者へでも行つたのか」と聞きました。私は其刹那に、彼の前に手を突いて、詫まりたくなつたのです。しかも私の受けた其時の衝動は決して弱いものではなかつたのです。もしKと私がたつた二人曠野の真中にでも立つてゐたならば、私は屹度良心の命令に従つて、其場で彼に謝罪したらうと思ひます。然し奥には人がゐます。私の自然はすぐ其所で食ひ留められてしまつたのです。さうして悲しい事に永久に復活しなかつたのです。》（「先生と遺書」〈四十六〉・傍点引用者）

夕食の時、御嬢さんはいつものように皆と同じ食卓には並ばなかった。

《奥さんが催促すると、次の室で只今と答へる丈でした。それをKは不思議さうに聞いてゐました。仕舞には何うしたのかと奥さんに尋ねました。奥さんは大方極りが悪いのだらうと云つて、一寸私の顔を見ました。Kは猶不思議さうに、なんで極が悪いのかと追窮しに掛りました。奥さんは微笑しながら又私の顔を見るのです。》（同上）

「先生」は「鉛のやうな」食事を食べていた。奥さんがいつKのいる前で、今日の顚末を話し出さないとは限らなかった。幸いにKは元の沈黙に帰った。自室に戻った「先生」はKにどう話したものかと考えた。「先生」は色々の弁護を拵（こしら）えて見たが、どう考えてもKに対して面と向うに足りなかった。

十六

二、三日が経った。「先生」は「絶えざる不安」の中にいた。いつ奥さんがKに話さないとも限らなかった。また、「奥さんの調子や、御嬢さんの態度」が、始終「先生」を刺激した。自分と御嬢さんとの「新らしい関係」について、Kに話さなければならない立場に「先生」はいながら、「倫理的に弱点をもつてゐる」との自覚から、それが「至難の事」に感ぜられた。「先生」は奥さんから話してもらおうかと考えた。しかし、それは結婚前から恋人の家族に信用を失うことと同じであり、「先生」のよく堪え得ることではなかった。

それから五、六日経った時、奥さんは、突然「先生」に向って、Kにあのことを話したかと聞いた。まだ話さないと答える「先生」に、奥さんはなぜ話さないのかと詰（なじ）った。

《「道理で妾（わたし）が話したら変な顔をしてゐましたよ。貴方もよくないぢやありませんか、平生あんなに親しくしてゐる間柄だのに、黙つて知らん顔をしてゐるのは」

私はKが其時何か云ひはしなかつたかと奥さんに聞きました。奥さんは別段何も云はないと答へました。然し私は進んでもつと細かい事を尋ねずにはゐられませんでした。奥さんは固より何も隠す訳がありません。大した話もないがと云ひながら、一々Kの様子を語つて聞かせて呉れました。

奥さんの云ふ所を綜合して考へて見ると、Ｋは此最後の打撃を、最も落付いた驚をもつて迎へたらしいのです。Ｋは御嬢さんと私との間に結ばれた新らしい関係に就いて、最初は左右ですかとたゞ一口云つた丈だつたさうです。然し奥さんが、「あなたも喜こんで下さい」と述べた時、彼ははじめて奥さんの顔を見て微笑を洩らしながら、「御目出たう御座います」と云つた儘席を立つたさうです。さうして茶の間の障子を開ける前に、また奥さんを振り返つて、「結婚は何時ですか」と聞いたさうです。それから「何か御祝ひを上げたいが、私は金がないから上げる事が出来ません」と云つたさうです。奥さんの前に坐つてゐた私は、其話を聞いて胸が塞るやうな苦しさを覚えました。》（「先生と遺書」〈四十七〉）

奥さんから「あなたも喜こんで下さい」と言われた時、Ｋは自分の失恋を知ったのである。奥さんがＫに話をしてから、二日が過ぎていた。その間、Ｋは「先生」に対して以前と異なった様子を全く見せなかった。この「超然とした態度」は、「たとひ外観だけにもせよ、敬服に値すべき」ものであった。「先生」はＫの方が遥に立派に見えた。「おれは策略で勝つても人間としては負けたのだ」

「先生」はどうしようかと考えて、結論は明日まで待とうと決心したのは、土曜の晩であった。その晩、いつもの東枕を、どういう訳か西枕に寝た。「先生」は「枕元から吹き込む寒い風で不図眼を覚した」。

《見ると、何時も立て切つてあるＫと私の室との仕切の襖が、此間の晩と同じ位開いてゐます。けれども此間のやうに、Ｋの黒い姿は其所には立つてゐません。私は暗示を受けた人のやうに、床の上に肱を突いて起き上りながら、屹とＫの室を覗きました。洋燈が暗く点つてゐるのです。それで床も敷いてあるのです。然し掛蒲団は跳返されたやうに裾の方に重なり合つてゐるのです。さうしてK自身は向ふむきに突ツ伏してゐるのです。

私はおいと云つて声を掛けました。然し何の答もありません。おい何うかしたのかと私は又Kを呼びました。それでもKの身体は些とも動きません。私はすぐ起き上つて、敷居際迄行きました。其所から彼の室の様子を、暗い洋燈の光で見廻して見ました。》〈「先生と遺書」〈四十八〉〉

「先生」はKの室を一目見るやいなや、「棒立に立竦」んだ。Kは自殺してしまったのである。「先生」は、しまった、と思った。――「もう取り返しが付かないといふ黒い光が、私の未来を貫ぬいて、一瞬間に私の前に横はる全生涯を物凄く照らしました。」それでも、と「先生」は書いている。「それでも私はついに私を忘れる事が出来ませんでした。」「先生」はすぐに机の上にあった「手紙」を見つけた。それは、予想通り「先生」宛になっていた。「先生」は自分にとって、どんなに辛い文句がその中に書き列ねてあるだろう、と思った。しかし、「一寸眼を通した丈で」、「先生」はまず助かったと思った。

《手紙の内容は簡単でした。さうして寧ろ抽象的でした。自分は薄志弱行で到底行先の望みがないから、自殺するといふ丈なのです。それから今迄私に世話になつた礼が、極あつさりした文句で其後に付け加へてありました。世話序に死後の片付方も頼みたいといふ言葉もありました。奥さんに迷惑を掛けて済まんから宜しく詫をして呉れといふ句もありました。国元へは私から知らせて貰ひたいといふ依頼もありました。必要な事はみんな一口づ、書いてある中に御嬢さんの名前丈は何処にも見えません。私は仕舞迄読んで、すぐK

がわざと回避したのだといふ事に気が付きました。然し私の尤も痛切に感じたのは、最後に墨の余りで書き添へたらしく見える、もつと早く死ぬべきだのに何故今迄生きてゐたのだらうといふ意味の文句でした。》〈同上〉

Kにしてみれば、生前に世話になった人への御礼と、かかる仕儀に立ち到ったことへのお詫びと、「死後の片付方」の依頼以外に、この世に書き残すものは、他に何があったろう。遺書を遺したのはKの人生を支えていた倫理性であった。「先生」が「私は倫理的に生まれた男です。又倫理的に育てられた男です」（「先生と遺書」〈二〉）といった、その「先生」と同質の「倫理性」が遺書を遺さしめたのだ。

「先生」の耳朶には、Kが房州の海岸で言った言葉が残響していなかったであろうか。――Kの頸を後ろから攫み、海の中へ突き落としたらどうすると聞いた「先生」に、Kは「丁度好い、遣つてくれ」と言った、あの寂寞とした言葉の残響が。Kは、夏の房州の海岸から、自殺した冬の「土曜日の晩」まで、真直ぐ急ぎ足に歩いて行ったのだ。Kは、「手紙」の最後に、命の「余り」で書き添える、――「もつと早く死ぬべきだのに何故今迄生きてゐたのだらう」。これは「手紙」ではない。「遺書」である。何と寂寥と悲調に満ちた「遺書」であることか。Kの死は、日清戦争の大勝から、大国露西亜を遼東半島から北の原野に押し戻した日露戦争へ、弱小国だった日本が世界的日本と輝き出した明治という時代の中で演じられた、青年の悲劇的な一つの姿であった。先に引いた、「我々は真面目でした。我々は実際偉くなる積でゐたのです。ことにKは強かつたのです」（「先生と遺書」〈十九〉）という「先生」の述懐は、「万事万物悉く旧を捨て新を採らざれば泰西諸国と併立して押も押れもせぬ地位を得る事難からん」（「中学改良策」）と二十五歳の漱石が書いた、明治という時代の熱気の中で発せられた言葉である。Kの「精進」という言葉には、明治という時代の、夏の酷暑も冬の寒烈も、ともに感じられるのである。

「顫へる手」で、「手紙」を巻き収めて封の中に入れた「先生」は、「わざとそれを皆なの眼に着くやうに」、元の通り机の上に置いた。そして振り返った「先生」は「襖に迸ばしつてゐる血潮」を目撃する。

《私は突然Kの頭を抱えるやうに両手で少し持ち上げました。私はKの死顔が一目見たかつたのです。然し俯伏になつてゐる彼の死顔を、斯うして下から覗き込んだ時、私はすぐ其手を放してしまひました。慄とした許ではないのです。彼の頭が非常に重たく感ぜられたのです。私は上から今触つた冷たい耳と、平生に変らない五分刈の濃い髪の毛を少時眺めてゐました。私は少しも泣く気にはなれませんでした。私はたゞ恐ろしかつたのです。さうしてその恐ろしさは、眼の前の光景が官能を刺激して起る単調な恐ろしさ許ではありません。私は忽然と冷たくなつた此友達によつて暗示された運命の恐ろしさを深く感じたのです。》（「先生と遺書」〈四十九〉）

どうにかしなければならないと思う「先生」は、同時に、どうする事もできないと思った。奥さんを起こそうと思う「先生」は、また女性にこの恐ろしい有様を見せてはいけないと考えた。「先生」は自分の室に戻った。折々時計を見るが時の進みは遅々としている。「私の起きた時間は、正確に分らないのですけれども、もう夜明に間もなかつた事丈は明らかです。ぐるぐる廻りながら、其夜明を待ち焦れた私は、永久に暗い夜が続くのではなからうかといふ思ひに悩まされました。」（〈同上〉・傍点引用者）

十七

Kは「小さなナイフで頸動脈を切つて一息に死んで」いた。「外に創(きず)らしいもの」はなかった。「先生」が「夢のやうな薄暗い灯で見た唐紙の血潮は、彼の頸筋から一度に迸(ほと)ばしつたものと知れました。私は日中の光で明らかに其迹(そのあと)を再び眺めました。さうして人間の血の勢といふものの劇(はげ)しいのに驚ろきました。」（「先生と遺書」〈五十〉）

Kの葬式の帰り路に、友人の一人から、Kはどうして自殺したのだろうとの質問を「先生」は受けた。奥さんも御嬢さんも、Kの父も兄も、新聞記者までも、同様の質問を「先生」にして来た。「先生」の良心はその都度、ちくちく刺されるように痛んだ。この質問の裏に「先生」は「早く御前が殺したと白状してしまへといふ声を聞いた」。葬式の帰りに質問して来た友人は、ある新聞を「先生」に見せた。そこには、「Kが父兄から勘当された結果厭世的な考(かんがえ)を起して自殺した」と書いてあった。友人はこの外にKが気が狂って自殺したと書いてある新聞もあると教えた。彼は自分が知っているのはこの二種だと言った。「先生」は、奥さんと御嬢さんに迷惑がかかるのを恐れた。

それから間もなくして、「先生」は奥さん、御嬢さんと相談の上引っ越した。移って二カ月ほど後、「先生」は大学を卒業した。卒業後半年もしないうちに、「先生」は御嬢さんと結婚した。奥さんも御嬢さんも「如何にも幸福」そうであった。「先生」も「幸福」だった。しかし「先生」の「幸福には黒い影が随(つ)いてゐ」た。「先生」は、御嬢さんと――もう御嬢さんではありませんから、「妻(さい)」と云いますと「先生」は書いている。（漱石は『こころ』の第一部「先生と私」の第九章で、「先生」の奥さんの名は静(しず)といった、と書いているから、以下『こころ』からの引用文の外では、静夫人と書くことにする。）――顔を合せているうちに、「卒然脅かされる」。「妻が中間に立つて、Kと私を何処迄も結び付けて離さない」。「先生」は静夫人を遠ざけようとする。するとそれが「女の胸にすぐ映」る。「何か気に入らない事があるのだらう」という「詰問」を受けるようになる。時には、「妻の癇も高じて」、「あなたは私を嫌つてゐらつしやるんでせう」とか、「何でも私に隠していらつしやる事があるに違ない」という「怨言」も聞かされることになる。もう「先生」は夫人の前で己を飾る気は少しもなかった。「妻の前に懺悔の言葉を並べたなら、妻は嬉し涙をこぼしても私の罪を許してくれたに違ない」と「先生」は思った。しかし、「先生」は「妻の記憶に暗黒な一点を印するに忍びない」という思いだけで夫人に本当の事を打ち明けることを肯じない。

何年経っても、「先生」はKのことを忘れることが出来ない。「先生」は「書物の中に自分を生埋に」しようと努めたり「酒に魂を浸して、己れを忘れよう」と試みたりした。しかし、「先生」のこころはいつも「不安」であった。「寂寞」であった。「先生」は何かしたくって堪らなかった。けれども、何もすることが出来なかった。

「先生」はKの死因を「繰り返し繰り返し考へた」。

《其当座は頭がたゞ恋の一字で支配されてゐた所為でもありませうが、私の観察は寧ろ簡単でしかも直線的でした。Kは正しく失恋のために死んだものとすぐ極めてしまつたのです。しかし段々落ち付いた気分で、同じ現象に向つて見ると、さう容易くは解決が着かないやうに思はれて来ました。現実と理想の衝突、――それでもまだ不充分でした。私は仕舞にKが私のやうにたつた一人で淋しくつて仕方がなくなつた結果、急に所決したのではなからうかと疑がひ出しました。さうして又慄としたのです。私もKの歩いた路を、Kと同じやうに辿つてゐるのだといふ予覚が、折々風のやうに私の胸を横過り始めたからです。》（「先生と遺書」〈五十三〉）

その内、静夫人の母親が病気になった。癒る見込みはなかった。「先生」は及ぶ限り懇切に看護した。暮らしに困らない財産を持っていた「先生」は職に就かず、世間と切り離されて生きて来た。そういう「先生」が初めて自分から手を出して、夫人の母親を看護した。それは、病人自身のためでもあり、また愛する夫人のためでもあったが、もっと大きな意味──「人間の為」という思いを「先生」はこめていた。

静夫人の母親は死んだ。夫人は「先生」に向って、「是から世の中で頼りにするものは一人しかなくなった」と言った。「先生」は夫人の母親の亡き後、夫人を出来る限り親切に扱って来た。しかし、夫人は、ある時、「男の心と女の心とは何うしてもぴたりと一つになれないものだらうか」と言った。「先生」がKに「男同志で永久に話を交換してゐるならば、二人はただ直線的に先へ延びて行くに過ぎない」と言ったことは前に述べたが、「先生」は友情の世界からも恋愛の世界からも孤絶した。

しかし、人は孤絶しては生きて行けない。ではどうするか。この問いこそ漱石の作品の中で鳴り止まぬ響きなのである。この響きを一度聴いたものは響きの悲調から逃れられぬであろう。漱石の読者はこの悲調を主調低音とする問いが漱石の生涯にわたって鳴り響いていたことを知っているだろう。そしてその問いが私たちの人生とどうして無縁であるといえよう。

十八

「先生」は、静夫人から「男の心と女の心とは何うしてもぴたりと一つになれないものだらうか」と言われたころから、「時々恐ろしい影が閃(ひら)め」くようになった。「先生」は驚き、ぞッとした。しばらくすると、「先生」のこころが「其物凄(ものすご)い閃めきに応ずるやうにな」った。「先生」には「人間の罪」というものが深く感ぜられた。漱石はその由って来たるところを、『こころ』第一部「先生と私」において「人間の何うする事も出来ない持つて生れた軽薄」と呼んだことは、序章の冒頭で述べた。

静夫人を思って、「死んだ積(つもり)で生きて行かうと決心し」た「先生」は、「時々外界の刺激で躍(おど)り上が」った。しかし、「先生」がどの方面かへ切って出ようとすると、「恐ろしい力が何処(どこ)からか出て来て、私の心をぐいと握り締めて少しも動けないやうにする」。「何時(いつ)も私の心を握り締めに来るその不可思議な恐ろしい力」は、「先生」の「活動をあらゆる方面で食ひ留めながら、死の道丈(だけ)を自由に開けて置く」のである。

《記憶して下さい。私は斯(こ)んな風にして生きて来たのです。始めて貴方に鎌倉で会つた時も、貴方と一所に郊外を散歩した時も、私の気分に大した変りはなかつたのです。私の後には何時でも黒い影が括(く)ツ付いてゐました。私は妻のために、命を引きずつて世の中を歩いてゐたやうなものです。貴方が卒業して国へ帰る時も同じ事でした。九月になつたらまた貴方に会はうと約束した私は、嘘を吐(つ)いたのではありません。全く会ふ気でゐたのです。秋が去つて、冬が来て、其冬が尽きても、屹度(きっと)会ふ積(つもり)でゐたのです。》(「先生と遺書」〈五十五〉)

ここで漱石は、「先生と遺書」の、もう一つの主題のキイを叩く。

《すると夏の暑い盛りに明治天皇が崩御になりました。其時私は明治の精神が天皇に始まつて天皇に終つたやうな気がしました。最も強く明治の影響を受けた私どもが、其後に生き残つてゐるのは必竟時勢遅れだといふ感じが烈しく私の胸を打ちました。私は明白さまに妻にさう云ひました。妻は笑つて取り合ひませんでしたが、何を思つたものか、突然私に、では殉死でもしたら可からうと調戯ひました。》（同上）

十九

明治天皇の崩御は明治四十五年七月三十日であった。漱石は、崩御の十日前の七月二十日の日記に、

《晩天子重患の号外を手にす。尿毒症の由にて昏睡状態の旨報ぜらる》

と書き、五日後の七月二十五日の書簡には、

《聖上御重患にて上下心を傷め居候今朝の様子にては又々心元なきやに被察洵に気の毒に存候》（橋口貢宛）

と書いている。明治天皇の御不例は、漱石の内部に、小さからぬ空隙を生じさせた。同じ二十五日の別人宛

の書簡に、

《拝啓其後は御無沙汰の処愈御清適奉賀候　小生も不相変消光たゞ病後は前と違ひ少々烈敷活動するとすぐ胃部に故障を生じやすく夫が為め本年大阪社にて催ふしの講演も断はり申し候　只今は何の変りもなく此間小供を鎌倉へやり帰京後は淋しく暮し居候　（後略）》（野間真綱宛）

とあるような、「淋し」さが、それである。そして、崩御の日の、七月三十日の日記に、「午前零時四十分陛下崩御の旨公示。同時践祚の式あり」と記した後、九日後に、漱石は、崩御後の「心細」さを愬えている。

《暑中御変もなく結構に存候　小生とうにかかうにか生き居候御安心可被下候　明治のなくなつたのは御同様何だか心細く候　（後略）》（森次太郎宛）

さらに四日後の八月十二日に、二年前の修善寺の大患の時、自分の命を救ってくれた医者森成麟造に書き送っている。森成は新潟県高田市（現上越市）で開業していた。

《大分暑いぢやありませんか高田はどうですか東京は随分です　此間子供を鎌倉へやりました狭苦しい借屋に蠅のやうに遊んでゐます然るに伸六と申す末の奴が猩紅熱にとりつかれて消毒やら入院やらで大騒ぎをやりました　私は須賀さんにかゝつてゐます日に六回づゝ薬を飲みます三回にしたらどうも具合が悪くなつ

たので又逆戻りです何うも少し活動をすると宜しくありません何だかもう長くはないやうな気がします（後略）》（傍点引用者）

漱石には、肉体の衰えが顕著であったように、精神の少なくない部分が壊死したことが自覚された。それが、「何だかもう長くはないやうな気がします」という文の意味である。これほどの精神的大事件が作品に反映されない筈がない。

一つは、先に触れた、「夏の暑い盛りに明治天皇が崩御になりました。其時私は明治の精神が天皇に始まつて天皇に終つたやうな気がしました。最も強く明治の影響を受けた私どもが、其後に生き残つてゐるのは必竟時勢遅れだといふ感じが烈しく私の胸を打ちました」という『こころ』の主人公の深い感慨である。

次に、『こころ』の第二部「両親と私」に、明治天皇崩御に対する「私」の父親の反響が描かれている。大学を卒業した「私」は、九州の郷里に帰省していた。帰省した日は七月の五、六日であった。卒業祝いは御不例で流れた。一度倒れたことのある父親は、「陛下の御病気以後凝と考へ込んでゐるやうに見えた。」

《毎日新聞の来るのを待ち受けて、自分が一番先へ読んだ。それから其読がらをわざわざ私の居る所へ持つて来て呉れた。

「おい御覧、今日も天子様の事が詳しく出てゐる」

父は陛下のことを、つねに天子さまと云つてゐた。

「勿体ない話だが、天子さまの御病気も、お父さんのとまあ似たものだらうな」

斯ういふ父の顔には深い掛念の曇がかかつてゐた。斯う云はれる私の胸には又父が何時斃れるか分らないといふ心配がひらめいた。

「然し大丈夫だらう。おれの様な下らないものでも、まだ斯うしてゐられる位だから」》（「両親と私」〈四〉）

そして、崩御の日を迎えた。七月三十日である。

《崩御の報知が伝へられた時、父は其新聞を手にして、「あゝ、あゝ」と云つた。

「あゝ、あゝ、天子様もとうとう御かくれになる。己も……」

父は其後を云はなかつた。

私は黒いうすものを買ふために町へ出た。それで旗竿の球を包んで、それで旗竿の先へ三寸幅のひらひらを付けて、門の扉の横から斜めに往来へさし出した。旗も黒いひらひらも、風のない空気のなかにだらりと下つた。私の宅の古い門の屋根は藁で葺いてあつた。》（「同上」〈五〉）

二十

《私は殉死といふ言葉を殆んど忘れてゐました。平生使ふ必要のない字だから、記憶の底に沈んだ儘、腐れかけてゐたものと見えます。妻の笑談を聞いて始めてそれを思ひ出した時、私は妻に向つてもし自分が殉死するならば、明治の精神に殉死する積だと答へました。私の答も無論笑談に過ぎなかつたのですが、私は其

時何だか古い不要な言葉に新らしい意義を盛り得たやうな心持がしたのです。》（「先生と遺書」〈五十六〉）

それからしばらく、「先生」がどう過ごしたのか『こころ』に描かれていない。『こころ』は、といっても良いし、「先生」の「遺書」とも、いってよかろうが、右に引用した文は、いきなり、次に引く文に続く。もう大正になっていた。九月十三日の事である。その日は、明治天皇の御大葬の日であった。崩御の日から四十五日が経っていた。

《それから約一ヵ月程経ちました。御大葬の夜私は何時（いつ）もの通り書斎に坐つて、相図（あいず）の号砲を聞きました。私にはそれが明治が永久に去つた報知の如く聞こえました。後で考へると、それが乃木大将の永久に去つた報知にもなつてゐたのです。私は号外を手にして、思はず妻に殉死だ殉死だと云ひました。

私は新聞で乃木大将の死ぬ前に書き残して行つたものを読みました。西南戦争の時敵に旗を奪られて以来、申し訳のために死なう死なうと思つて、つい今日迄生きてゐたといふ意味の句を見た時、私は思はず指を折つて、乃木さんが死ぬ覚悟をしながら生きながらへて来た年月を勘定して見ました。西南戦争は明治十年ですから、明治四十五年迄には三十五年の距離があります。乃木さんは此三十五年の間死なう死なうと思つて、死ぬ機会を待つてゐたらしいのです。私はさういふ人に取つて、生きてゐた三十五年が苦しいか、また刀を腹へ突き立てた一刹那（せつな）が苦しいか、何方（どっち）が苦しいだらうかと考へました。

それから二三日して、私はとうとう自殺する決心をしたのです。》（〈同上〉・傍点引用者）

Ｋに対して用いられた「永久」に「先生」の負い目がこめられているように、ここの箇所の「永久」には明治天皇と乃木大将に対する「先生」の負い目が語られている。

ここで「先生」の物語は終る。後はエピローグがあるのみである。

二十一

漱石は『こころ』において『それから』と同様に悲痛切実な恋愛を描いたのだが、二作とも、小説というフィクションの世界に、現実の出来事を使った。『それから』では、例えば草平の『煤烟』事件や「日糖事件」がそうである。『こころ』では、勿論、明治天皇崩御と乃木大将殉死事件であるが、その現実の出来事の扱われ方は『それから』の比ではない。『それから』ではそれは挿話として扱われているといっていいのだが、『こころ』では、明治天皇の崩御と乃木大将の殉死という歴史的事件に向って物語が進んで行くのである。いや、そういうよりも、先に引いたように、乃木大将の殉死の日から「二三日して、私はとうとう自殺する決心をしたのです」と書き、その先に「私が死なうと決心してから、もう十日以上になりますが、その大部分は貴方に此長い自叙伝の一節を書き残すために使用されたものと思つて下さい」〈同上〉とあることでも分かるように、「先生と遺書」は乃木大将の遺書を読んでから、書き始められたのである。つまり、明治天皇崩御と乃木大将殉死は、「先生の遺書」つまり『こころ』の書き出しから、その影を映しているのである。

小説家大江健三郎は『こころ』について面白いことを言っている。

《小説家の発想と技術ということからいえば、「先生」の死を乃木大将の殉死とどうむすびつけるかが、いうまでもなくこの小説の根幹である。》（「〝記憶して下さい。私はこんな風にして生きて来たのです〟」）

大江のいう、「小説の根幹」を考える前に、漱石研究家の指摘に耳を傾けたい。その指摘とは「先生」の年齢に関しての指摘である。そしてそれが「小説の根幹」に触れることになる。竹盛天雄の論をやや長いが引く。竹盛は初出で『こころ』を読んでいるから、引用文の丸括弧（　）内の数字は新聞連載中のものである。

《「先生」が両親を「腸窒扶斯（ちふす）」で失つて孤児になったのが、「廿歳（はたち）にならない時分」（五十七）といわれる。仮に中学五年生とすると数え年でほぼ十八、九歳。それからすぐ「東京へ来て高等学校へ這入」（五十八）ったとすると、そのときほぼ十九、二十歳になる。高等学校（三年制）入学から大学（三年制）卒業するまでの六年間を明治年間のどこに合わせて年代を測定するかが問題である。（中略）

「先生」が大学一年のとき、「素人屋に一人で下宿」することになったくだり（六十四）に、「主人は何でも日清戦争の時か何かに死んだのだと上（かみ）さん（駄菓子（だがし）屋の）が云ひました。一年ばかり前までは、市ヶ谷の士官学校の傍とかに住んでゐたのだが、厩（うまや）などがあつて、邸（やしき）が広過ぎるので、其処（そこ）を売り払つて、此処へ引つ越して来たけれども」とある情報が唯一のよりどころ。日清戦争の戦死に対して、「上さん」が「…時か何かに」と曖昧な言い方をするのが問題であるが、いずれにせよ、広い邸をもつ陸軍将校の遺族が、年金生活をするために邸を処分して母娘二人の生活にふさわしい住居に移居した年がきめ手。仮にそれを単純化して上限を日清戦争後、三周忌をすませた辺りとすると、一八九七（明治三〇）年という年代がでてき、移居して一年たった一八九八（明治三一）年の秋ごろ、大学一年の「先生」が、その八畳に下宿人として入ることになったという順序になる。むろん、これは上限の設定であり、未亡人母娘が小石川に移居した年次には、多少の幅が考えられてよい（下ゲル）ので、それにつれて、他も動いてくることは条件に入れなければならない。（中略）

このようにみてくると、明治天皇の死の年に自殺した「先生」の年齢は、数え年三十六、七歳の若さであって、「先生」という呼称のあたえるイメージよりも若いということもおさえておきたい。》（「初出稿『心先生の遺書』（一～百十）を読む」〈『国文学』平成四年五月号〉）

この竹盛の推定について、重松泰雄は著書『漱石　その新たなる地平』所収の「『こころ』の二十の〈景観〉」の中で、「わたしも大体異論はない」として、「先生」の出生を「明治十年前後」としている。そして次のような疑問を提出した。――「作者が先生をこのような世代の人物として設定したことの意味は何か。」なぜ「作者は一時代くり下げることとしたのか。」もっとはっきり言えば、どうして漱石は「先生」の年齢を自分の年齢より十歳前後若く設定したのか。明治四十五年には、漱石は数え年四十六歳であった。

重松は、「日本の外発的開化のひずみ」が「急速に激化」した明治三十年代に生きる青年に「自己定立」が可能かどうかが『こころ』の「重要な課題の一つ」であったという。「先生」やKは明治三十年にほぼ二十歳であった。だが、重松は、青年の「自己定立」が『こころ』の「重要な課題の一つ」と書きながら、他の「重要な課題」については取り上げていない。ただ、「『こころ』の二十の〈景観〉」の最後の二十番目の「二つの〈殉死〉」の中で、乃木大将の殉死と「先生」の殉死の「差異」を論じている。重松は、嘉永二年（一八四九）生まれの乃木大将と「先生」の年齢差が三十年近く、「先生」と「私」の年齢差の十年に比してはるかに大きいことに触れている。「先生」が遺書の中で「乃木さんの死んだ理由が能く解らない」といった、その根拠を「世代の差」だと重松はいうのである。しかし、これは、おかしい。「先生」は遺書の中では、「私に乃木さんの死んだ理由が能く解らないやうに、貴方にも私の自殺する訳が明らかに呑み込めないかも知れません」といっているのであって、年齢差が十歳であっても「呑み込めない」かも知れないのである。続けて、「先生」は、「時勢の推移から来る人間の相違」だの、「個人の有つて生れた性格の相違」だの、といろいろと理由を挙げている。つまり、「先生」といってもいいし、漱石といってもいいのだが、自分が、明治天皇の崩御の後に「生き残つてゐるのは必竟時勢遅れだ」と痛切に感じたのも、乃木大将の殉死に烈しくこころを動かされたのも、すべて己れ一個の人生に関わることだ、と告白しているのである。

重松は、「先生」の死には、後世のものに自分の過去を、「生きた経験」を書き遺したいという「積極的な営為」があるが、乃木大将の死にはそれがないというのであるが、そのように乃木大将の殉死と「先生」の殉死を異質なものとしてとらえている限り、大江の言葉をかりれば、『こころ』という「小説の根幹」に触れ得ないのである。言い換えれば、乃木さんの殉死と「先生」の殉死を別物と見る読み方は、『こころ』を失敗作と断じているのと同様なのである。これでは『こころ』の研究家は、『こころ』が失敗作であることを長年研究しているようなものである。

二十二

もう一度問わなくてはならない。なぜ漱石は「先生」やKの青春の物語を自分の年齢で語らなかったのか。なぜ「十歳前後」若くして他人の物語を物語るように漱石は語ったのか。

竹盛は先の論文では数え年で「先生」の年齢を見ていた。満年齢で見ると、「先生」の年齢は明治四十五年には三十五、六歳になる。実は、この「先生」の年齢の意味するところを、漱石は『こころ』の中で明らかに書いているのである。既に引用した所であるが、今一度引く。

《私は新聞で乃木大将の死ぬ前に書き残して行つたものを読みました。西南戦争の時敵に旗を奪(と)られて以来、申し訳のために死なう死なうと思つて、つい今日迄生きてゐたといふ意味の句を見た時、私は思はず指を折つて、乃木さんが死ぬ覚悟をしながら生きながらへて来た年月を勘定して見ました。西南戦争は明治十年ですから、明治四十五年迄には三十五年の距離があります。乃木さんは此三十五年の間死なう死なうと思つて、死ぬ機会を待つてゐたらしいのです。私はさういふ人に取つて、生きてゐた三十五年が苦しいか、また刀を腹へ突き立てた一刹那が苦しいか、何方(どつち)が苦しいだらうかと考へました。》(「先生と遺書」〈五十六〉・傍点引用者)

漱石は、「三十五年の間」、「申し訳のために死なう死なうと思つて、つい今日迄生きてゐた」乃木さんの、尋常ならざる、一個独自の倫理性に打たれたのだ。「生きてゐた三十五年が苦しいか、また刀を腹へ突き立てた一刹那が苦しいか、何方が苦しいだらう」と問うても不思議でない痛哭極まりない人生を生きた乃木さんに対して、あなたもそうでしたか、と親しく呼びかけたくなるのを抑え切れない衝動が漱石にあったのだ。

乃木さんの六十四年の人生は、西南戦争で聯隊旗(れんたいき)を奪われる前から、ずっと痛苦の連続であった。一例を挙げる。長府藩に禄(ろく)を食(は)んでいた、父乃木希次(まれつぐ)は安政五年、藩政のことに就いて建白し忌諱(きい)に触れた。もとより死を覚悟してのことであった。希次五十四歳であり、乃木さん十歳であった。江戸で生まれ、江戸で育った希次は親類縁者のいない長府（山口県）に移らされた。藩は住まいさえ用意していなかった。希次は改易(かいえき)の覚悟をした。希次の建白に対して藩は百ケ日の閉門と、減禄を以てした。乃木家を次に襲ったものは、赤貧であった。母壽子(ひさこ)は塩煎餅(せんべい)を作り、他家の米を搗(つ)いて僅(わず)かな賃銭を受けた。この生活苦との悪戦は母壽の晩年に絶えざる足痛となって現われた。

漱石は、こういう乃木さんの人生を知らなかったろう。「先生」が「私は新聞で乃木大将の死ぬ前に書き残して行つたものを読みました」とあるように、漱石は乃木さんのことは新聞に知ったことを多く出ないであろう。漱石はそこに何の不足も感じなかった。乃木大将の遺書の中の「明治十年の役に於いて軍旗を失ひ其後死処(ししょ)を得度心掛候(えたくこころがけそうろう)も其機を得ず」で充分であったろう。志においても、家庭生活においても、多難辛苦であった人生を生きた漱石は、乃木さんの古武士を想起させる生き方にシムパシイを禁じることが出来なかった。漱石は「三十五年の間死なう死なうと思つて、死ぬ機会を待つてゐた」という、そういう「三十五年」の人生を割り振られた男を描くことによって乃木さんに応えようとしたのだ。「死の道」だけが自由に開かれている「三十五年」の人生を生きてみること、――これこそ「先生」を「明治十年前後」の生まれに設定した理由であった。

その気持ちをあらわに表すのは憚（はばか）られるから、漱石は「先生」の年齢を隠した。あらわな共感の表白を憚る漱石の思慮は、「先生」の夫人の名を、乃木大将の夫人と同じく「静（しず）」と設定しているが、その使用の少ないことでも知れる。先に触れたように、第一部「先生と私」第九章で「（奥さんの名は静といった）先生は『おい静』と何時（いつ）でも襖の方を振り向いた」とあるが、ここ以外で使われた箇所は『こころ』全体で二箇所あるきりなのである。その二箇所の「静」とは、「静、御前はおれより先へ死ぬだらうかね」（「先生と私」〈三十四〉）であり、そして「静、おれが死んだら此家を御前（おまえ）に遣（や）らう」（「同上」〈三十五〉）であって、二つとも、死の話題の中で「私」を前にして「先生」が夫人に語りかける一連の場面に用いられているばかりである。

さて、竹盛は、三十五歳という「先生」の年齢は、「『先生』という呼称のあたえるイメージよりも若いということもおさえておきたい」と書いているが、確かに、現代の私たちには、「先生」の三十五歳は、若く感ぜられる。だが、それは、漱石の人間認識の不足から生まれたことではなく、私たちが軽薄で幼稚になったことに由来しているのである。

[著者]：廣木 寧（ひろき　やすし）

昭和29年（1954）福岡市生まれ。九州大学卒。大学一年生のとき、小林秀雄の講義を聴き感動する。後に『信ずることと知ること』と題されたものである。平成12年に批評同人誌『正統と異端』を創刊し、主に近代の文学思想についての文章を発表する。著書に『小林秀雄と夏目漱石』（総和社）、『江藤淳氏の批評とアメリカ』（慧文社）などがある。

天下なんぞ狂える（上）

——夏目漱石の『こころ』をめぐって

平成28年10月27日初版第一刷発行

著　者：廣木 寧

発行者：中野 淳

発行所：株式会社 慧文社

〒174-0063

東京都板橋区前野町4-49-3

〈TEL〉03-5392-6069

〈FAX〉03-5392-6078

E-mail:info@keibunsha.jp

http://www.keibunsha.jp/

印刷所：慧文社印刷部

製本所：東和製本株式会社

ISBN978-4-86330-170-2

慧文社の本

新訳　チップス先生、さようなら

ジェイムズ・ヒルトン・著
大島一彦・訳
定価：本体900円＋税

英国のパブリック・スクールで教鞭をとる、懐しくも愛すべき老教師の姿を描いた不朽の名作を、流麗にして味わい深い新訳で。豊富な訳注とルビで読みやすい一冊。原本初版の挿絵つき。

新訳　欲望という名の電車

テネシー・ウィリアムズ・著
小田島恒志・訳
定価：本体1700円＋税

あの名作を清新な翻訳で！ 2002年Ｂunkamura製作、蜷川幸雄演出、大竹しのぶ・堤真一・寺島しのぶ・六平直政ら出演で好評を博した舞台版に、加筆・修正を加えた決定版！

セロン・ウェアの破滅

ハロルド・フレデリック・著
久我俊二・訳
定価：本体3000円＋税

アメリカ・リアリズム文学の傑作を本邦初訳！ 近代化を突き進む19世紀末の米国社会の葛藤を象徴的に描き出した古典的名著。イギリス版の訳も脚注に付記、訳注も充実！

サーデグ・ヘダーヤト短篇集

サーデグ・ヘダーヤト・著
石井 啓一郎・訳
定価：本体3000円＋税

20世紀イランを代表する大作家サーデグ・ヘダーヤトが、第二次大戦前後の激動のイランで綴った珠玉の選訳10篇、本邦初訳！ 中東史やイランの民俗に詳しい訳者ならではの一冊！

スティーヴン・クレインの「全」作品解説

久我俊二・著　**定価：本体4000円＋税**

スティーヴン・クレインの生涯と作品を概観！『赤い武勲章』やアメリカ自然主義最初の中編『マギー』、世紀を代表する短編「オープン・ボート」他作品を執筆時期や内容によって分類し、解説する。

「ユリシーズ」大全

北村 富治・著　**定価：本体20000円＋税**

単なる英語・英文学的註解にとどまらず、歴史、地理、民俗学、哲学、神学そしてカトリック典礼など、多角的視野から『ユリシーズ』に丁寧な解説。ジョイス、ダブリン、ユリシーズを正確に読み解くために必携の書！ 図版も多数！

小社の書籍は、全国の書店、ネット書店、ＴＲＣ、直販などからお取り寄せ可能です。

(株)慧文社　http://www.keibunsha.jp/

〒174-0063東京都板橋区前野町4－49－3　TEL 03-5392-6069　FAX 03-5392-6078